埃莉诺王后

埃莉诺王后

埃莉诺和亨利二世情妇罗萨蒙德

亨利和埃莉诺的人物像

亨利二世 半身像

亨利二世和埃莉诺死同穴

婚姻夺走的王位，自己抢回来
两国王后埃莉诺

ELEANOR OF ENGLAND

[英] 德斯蒙德·苏厄德 —— 著
李雅卉 —— 译

华中科技大学出版社
http://www.hustp.com
中国·武汉

图书在版编目(CIP)数据

婚姻夺走的王位,自己抢回来:两国王后埃莉诺/(英)德斯蒙德·苏厄德著;李雅卉译.—武汉:华中科技大学出版社,2022.7
ISBN 978-7-5680-8351-5

Ⅰ.①婚… Ⅱ.①德… ②李… Ⅲ.①传记文学-英国-现代 Ⅳ.①I561.55

中国版本图书馆CIP数据核字(2022)第102320号

湖北省版权局著作权合同登记 图字:17-2022-096号

ELEANOR OF AQUITAINE: THE MOTHER QUEEN OF THE MIDDLE AGES by DESMOND SEWARD
Copyright:© 2013 BY DESMOND SEWARD
This edition arranged with ANDREW LOWNIE LITERARY AGENT through BIG APPLE AGENCY, LABUAN, MALAYSIA.
Simplified Chinese edition copyright:
2022 Huazhong University of Science and Technology Press (HUST Press)
All rights reserved.

婚姻夺走的王位,自己抢回来:
两国王后埃莉诺

[英]德斯蒙德·苏厄德 著
李雅卉 译

Hunyin Duozou de Wangwei,Ziji Qiang Huilai:Liangguo Wanghou Ailinuo

策划编辑:阮 珍 田金麟
责任编辑:田金麟
封面设计:三形三色
责任校对:曾 婷
责任监印:朱 玢

出版发行:华中科技大学出版社(中国·武汉)   电话:(027)81321913
         武汉市东湖新技术开发区华工科技园   邮编:430223

录　排:华中科技大学惠友文印中心
印　刷:湖北新华印务有限公司
开　本:710mm×1000mm 1/16
印　张:10.5 插页:2
字　数:147千字
版　次:2022年7月第1版第1次印刷
定　价:42.00元

本书若有印装质量问题,请向出版社营销中心调换
全国免费服务热线:400-6679-118 竭诚为您服务
版权所有 侵权必究

献给伊丽莎白·波灵顿

前　言

> 伴随他而来的是母后，
> 一个把他卷入血腥冲突的阿忒。
>
> ——莎士比亚，《约翰王》

　　阿基坦的埃莉诺于公元1204年与世长辞，她的一生充满传奇色彩，其他任何英国王后的人生经历都不像她这样绚丽多姿，充满戏剧性。也从来没有哪个英国国王像亨利二世那样拥有一位如此强悍的妻子。在她所处的时代，她无疑是欧洲最伟大的女继承人，不仅先后成为法国和英国的王后，而且还生育并培养出大名鼎鼎的狮心王理查和约翰王。与她高贵的王室身份相媲美的是她的美丽，人们普遍视她如"英国艳后"。就她的美貌而言，这种称呼恰如其分、毫不夸张。年轻时，由于其独特的个人魅力、社会地位、巨额财富和勇于冒险的精神，她成为众人追捧的偶像。文人骚客为她题诗作赋，反对她的编年史家则把她与麦瑟琳娜皇后[①]相提并论。

　　埃莉诺的人生经历同时也是一部宏大的家族史诗。她对自己的孩子们冷酷无情、严厉管教，挑拨他们与父亲对立。她纯粹就是皇室的女酋长，残暴程度不亚于利维亚[②]。她占有欲极强，这似乎导致孩子们在成长过程中养成一些不良的品性，也可能直接导致了理查的心理问题，使他最终成为一名同性恋者。她的强势个性也使她与至少一位儿媳之间长期不睦、激烈对抗，并最终毁掉了她自己的亲孙子。

　　第一位给予埃莉诺政治家身份的现代历史学家是19世纪末的斯塔布斯主教，他在书中写道："这位伟大的女性应该得到更多的荣誉和

[①] 罗马帝国皇帝克劳狄一世的皇后，在古罗马，她是虚荣和不道德的象征。
[②] 罗马帝国皇帝奥古斯都的皇后。

尊重。"主教认为,"她是一个非常能干的女人,智慧过人、经验丰富且野心勃勃;当她支持自己的丈夫时,她会是一个举足轻重的智囊;而一旦她与丈夫作对,则会变成一个最危险的敌人。"

毫无疑问,研究埃莉诺就必须理解她对权力的欲望。在那个男权至上的时代,她并不甘于像其他女人一样,仅仅依附于男人,把自己的一生交给丈夫、儿子或女婿。作为一个独立的统治者,她在嫁给法国国王路易七世时失去了她的权力。后来因为路易七世对僧侣顾问的过度依赖,同时也因为埃莉诺一直没能给王室诞下一位男性继承人,她也失去了丈夫的宠爱。尽管后来她改嫁给亨利二世——一个比自己年轻十几岁的男人,但她仍然没有从中获得权力和地位。后来当她密谋反叛丈夫时,则锒铛入狱,被监禁了十五年。直到她的儿子理查在德国被囚禁,她才终于在七十岁的高龄摄政,重新获得部分权力,不过都不是正式任命。其实此时,她更多的是充当着儿子约翰盟友的角色。她纵容了约翰对王位的觊觎,绕过了她年轻的孙子亚瑟(最终被谋杀),因为只有约翰才能保证她的权力。正如英国历史上研究莎士比亚的主要权威霍林斯赫德①在16世纪所说的那样:"埃莉诺王后自然对亚瑟极度反感,因为她预见到,如果他成为国王,他的母亲康丝坦斯必将大权在握,为所欲为。"

莎士比亚在《约翰王》中对埃莉诺的描绘令人震惊。他描述了约翰来到法国与法国国王作战的情景,他说:

> 伴随他而来的是母后,
> 一个把他卷入血腥冲突的阿忒。

阿忒是古希腊神话中的邪恶女神,会引诱人失去理智而干出蠢事。莎士比亚这样说是想强调约翰的阴谋诡计之所以能屡屡得逞,全靠他年迈母亲的大力支持和出谋划策,并想说明埃莉诺对她亲孙子亚瑟的残酷无情,正因她纵容了儿子约翰谋害亚瑟,才导致"这个稚嫩的男孩无法长大成人"。她被称为"毒蛇祖母""宇宙间最残酷的施暴者",并有"一个罪恶的子宫"。事实上,莎士比亚的"埃莉诺王后",虽然只是剧中的一个次要角色,却是他塑造的最为可怕的女人之一,其

---

① 拉斐尔·霍林斯赫德,英格兰编年史家。

恐怖程度并不亚于麦克白夫人①。

然而,埃莉诺是一个喜怒无常、复杂多变的女人,莎士比亚的笔只刻画出了她复杂个性中的一面。当她风华正茂时,人们崇拜她,并不仅仅是因为她的美貌或地位;而当她年老色衰时,她的孩子们也照样崇敬她。除此之外,她还颇有帝王之气。亨利二世去世以后,她从长期监禁中解脱出来,走上权力舞台,作为全能的皇太后,她立即下令释放整个英国的囚犯,因为用她的话说:"根据我的亲身经历,没有人喜欢被监禁。而走出监狱,重获新生,无疑是件大快人心的事情。"她还赞助了丰特夫罗修道院,使其成为遭受家暴侵害的贵族女性的避难所。

尽管如此,人们给予埃莉诺的关注远不如她身边的男人们多。这并不奇怪,毕竟她的丈夫是谋杀了托马斯·贝克特大主教的亨利二世,她的一个儿子是十字军英雄,而另一个儿子则签署了《大宪章》。埃莉诺继承的阿基坦大公国领地,是任何女继承人的财产都无法相比的巨大财富;这个大公国是英法金雀花王朝的根基,也是百年战争的缘起。作为当时最伟大、最富魅力的女性,她的光芒被掩盖了。人们只记得她是比亨利二世年长许多的富有王后,记得她谋杀了情敌罗斯蒙德(而实际上她并未犯过此等罪行),记得流行电影、电视连续剧中的那个悍妇形象,或者记得莎士比亚笔下那个堪比麦克白夫人的恐怖女人。她的可爱和魅力,她对诗人群体的大力支持,她大胆破除12世纪束缚妇女陋俗的行动,都被遗忘了。她确实拥有政治家和统治者的天赋,但这一切都被忽略了。

通常情况下,要为中世纪鼎盛时期的任何一个人物写一本有血有肉的传记几乎都是不可能的,特别是写一位女性的,因为缺乏可信的材料来源。但埃莉诺是个例外,因为她给同时代的人留下了深刻的印象,因此有大量的素材可供参考。本书试图公正地审视一个伟大的女人和她壮丽的一生。

---

① 莎士比亚四大悲剧之一《麦克白》中的人物,形象多被定义为一个残忍、恶毒的女人。

目　　录

第一章　阿基坦和吟游诗人　001
第二章　法国王后　010
第三章　十字军东征　019
第四章　离婚　030
第五章　诺曼底公爵夫人　037
第六章　英国王后　043
第七章　安茹帝国的王后　052
第八章　普瓦捷宫廷　061
第九章　埃莉诺的儿子们　068
第十章　埃莉诺的起义　075
第十一章　失落的岁月　081
第十二章　成为太后　090
第十三章　代理朝政　099
第十四章　理查的回归　112
第十五章　丰特夫罗　119

第十六章　理查之死　125

第十七章　约翰国王　132

第十八章　欧洲祖母　141

第十九章　谋杀亚瑟　147

第二十章　安茹王朝的灭亡　153

第一章　阿基坦和吟游诗人

阿基坦,遍地都是宝。

——拉尔夫·迪切托

她的激情源自纯粹的爱中最美妙的部分。

——莎士比亚,《安东尼和克利奥帕特拉》

阿基坦的埃莉诺于1122年降生于波尔多或伯兰附近的城堡。她出身显赫,是阿基坦未来君主威廉十世和妻子沙泰勒罗的埃诺的女儿。她的祖父就是当时的阿基坦公爵,而后掌权为阿基坦君主的威廉九世。

在12世纪,法国还只是一个地理上的概念,而不是一个真正意义上的国家,它分布着几个讲不同语言的民族。那时的卡佩王朝还没有什么实权。国王是一个有名无实的君主,他统治的地方几乎不超过巴黎周边地区——法兰西岛(之所以这样称呼是因为它几乎被河流环绕),还有奥尔良和布尔日。他享有很高的威望和道德权威,但其实不过是排行第一的大贵族。虽然其他贵族是他的封臣,但他们作为独立的封主统治着广阔的领土。阿基坦公国是这些封地中最大的一个。它是由普瓦捷伯爵继承下来的,其后的公爵们统治着几乎整个法国西南部,从卢瓦尔河到比利牛斯山的广袤土地。

阿基坦公国的领土范围大约相当于旧时的吉耶讷省和加斯科涅

省,它和布列塔尼一样,具备一个独立国家的所有要素。在地理上,它被蜿蜒的加龙河及其支流,以及诸如大西洋、比利牛斯山脉和法国部分中部山体这样天然的边界环绕。它的种族团结,领土上基本都是拉丁化的巴斯克人,他们与法国北部人群几乎没有共同点,而有自己独特的气质,像一种充满活力的爆炸性混合物。此外,它不仅能自给自足,而且富有得令人羡慕。拉尔夫·迪切托称它为"遍地是宝"的阿基坦。另一位史学家也形容它为"富庶的阿基坦"。葡萄酒商人从其首都波尔多出发,乘船前往英格兰、德国和苏格兰;渔民从巴约讷出海捕鲸。这是一个风景如画、多姿多彩的国家,加斯科涅的荒野和沙地与郁郁葱葱的平原和繁盛茂密的林地形成鲜明对比。这里有黄墙红顶的城镇、罗马式大教堂和富丽堂皇的修道院。还有许多贵族的城堡,住起来比北方寒冷的城堡更加令人舒适。因为在南方,人们喜欢高卢人的罗马别墅,这种建造传统从未消失。

阿基坦以北是普瓦图。除了首都普瓦捷,它还有许多美丽的城镇。比如拉罗谢尔,一个与波尔多几乎同样繁荣的港口城市。那里的乡村风光也同样迷人,有橡树丛、平坦的农田,还有茂密的松林。普瓦图人说的是法国北部的一种方言,从某种程度上说,这是他们与阿基坦人的最大区别。阿基坦的民众,包括统治阶级和埃莉诺本人,所说的语言都与法国北部截然不同。时至今日,法国南方人所讲的法语中都包含着许多他们特有的方言,统称为普罗旺斯语。其中的一种方言——利穆赞方言,成为标准书面语言。

普罗旺斯还创造了自古典时代以来西欧第一首真正意义上的白话抒情诗,这是普罗旺斯在文学上的非凡成就。"12世纪的普罗旺斯,像梦境一样轻柔",海伦·沃德尔如此描述道。她补充说:"普罗旺斯诗歌所要求的知识背景,只存在于它的那个世纪,5月的早晨,远处的鸟鸣,一棵开花的山楂树,为圣墓作战。这是中世纪才有的梦幻。"

吟游诗人创作了大量诗歌,在弹鲁特琴时演唱。这些诗歌以战争、政治、各种斗争为主题,或者可能是一些讽刺诗,比如我们熟知的讽刺诗歌(Sirventès)。但他们创作的诗歌大部分都是关于女性的。

一种新兴的对圣母玛利亚的普遍虔敬,也引起了人们对一般妇女的某种崇敬。吟游诗人们发展了一种柏拉图式的爱情崇拜(遥不可及的爱),歌颂对某个高不可攀的贵妇人的思念之情,而这种思念是注定无果的。这位被歌颂的高贵女人通常已婚,吟游诗人赞扬她是多么可爱,而他又是多么不顾她的轻蔑,崇拜着她。贵妇们(无论年轻与否)被一群悲叹的吟游诗人包围着,他们大多是贫穷的小贵族。事实上,这种爱情崇拜多出于心理需求,而非生理需求。一位吟游诗人认为即使只是得到贵妇的一枝玫瑰作为回馈,也足以宽慰他十年不懈的奉献,他也会歌颂这位夫人的慷慨解囊。

这种对妇女的美化,无论多么做作或夸张,实际上确实极大地提高了她们的社会地位。在野蛮的北方,妇女往往只不过是生儿育女的工具,她们与社会脱节,并常受到家暴的侵害。然而在南方,她们却享有真正的自由,可以自主地同异性交往。她们甚至能接受教育,即使不学习书写,也会学习阅读。埃莉诺与众不同的个性(她自称是异类)显然很大程度上归功于阿基坦不同寻常的文明氛围。

已知的最早的吟游诗人正是埃莉诺的祖父——迷人的威廉九世——吉列姆·洛·特罗巴多尔,他在1086年到1127年间统治阿基坦和普瓦图。他是埃莉诺生命中第一个真正的大人物。尽管他在她五岁时就去世了,但她对祖父一定印象深刻。

威廉九世是一个性格复杂、喜怒无常,时而理想主义,时而愤世嫉俗的人。他冷酷无情,又不切实际。他不是政治家,虽然好斗,却没有领兵打仗的将才。他的计划接二连三地失败了。他声称图卢兹是他妻子的遗产,趁图卢兹伯爵外出征战时入侵该地,却以惨败和耻辱收场。1101年,他亲自率领一支军队前往圣地,却在赫拉克拉附近被击败,好不容易才逃了回来。他甚至还有可能被萨拉森人囚禁过一段时间。1114年,他再次企图占领图卢兹,也确实成功占领该地数年,但最终的结局仍是被驱逐。1119年,他远征阿拉贡,帮助国王打败了大批摩尔人,却没有从中捞到什么好处。他总是惹教会的麻烦,甚至还用剑威胁过一位主教。

他混乱的私生活与他作为吟游诗人的纯洁理想形成了不光彩的对比。他最耸人听闻的风流韵事是和一个叫做丹泽萨的沙泰勒罗人发生了关系。他把丹泽萨从她丈夫身边诱拐走,然后把她关在普瓦捷宫殿的莫贝尔庸塔里(她也因此被称为"莫贝尔庸")。她的儿子听到母亲的奇耻大辱怒不可遏,奋起抗争,于是威廉九世被逐出教会,并于1127年去世。尽管他才华横溢、精力充沛,但他那些雄心勃勃的计划没有一个成功。然而,同时代的人无疑都很尊敬他,认为他是一位强大的君主和勇敢的骑士。他成功地威慑并征服了法国一些动荡不安的附属国,留下了一份完整的遗产。此外,即使是当时一个对他怀有敌意的批评家也不得不承认,这位公爵是世界上最彬彬有礼的人之一。

与威廉九世同时代的人和他的后人都对他很是钦佩。首先,他善于用利穆赞方言和普瓦图方言作诗。他可能还受到了阿拉伯诗歌的启发。他的父亲在西班牙打过仗,带回了摩尔女奴,威廉九世本人也了解叙利亚和西班牙。不管灵感如何,他无疑是一位最能干的诗人,他的11首作品都流传了下来。他的多数作品放荡不羁,但也有一首诗——《我被欺骗了》,表达了悲观厌世的情绪:

> 从现在起,我想歌唱,
> 我要把我的悲伤谱成一首歌,
> 不再在普瓦图或利穆赞,
> 我愿为爱的仆从。

但是,一个伟大的君主为何要选择成为吟游诗人?其标新立异的行为使人不得不怀疑他性格中可能有一些不那么令人钦佩的怪癖。他曾把他的小妾丹泽萨的肖像画在他的盾牌上,并反复强调说,他这样做是希望她在战场上胜过他,就像他在床上征服她一样。为了方便寻欢作乐,他还打算在尼奥尔城外建一所像修道院的妓院。他的轻浮、刻薄、机智、玩世不恭也困扰着同时代的人。奥德里克·维塔利斯对他的评价是:"勇敢而无畏,但太不严肃,爱开玩笑,表现得像一个小丑。"马姆斯伯里的威廉①认同奥德里克的观点,他说公爵是一个举止轻浮的人,"只对一个接一个的无聊笑话感兴趣,听这些笑话时,他常常张大嘴巴,狂笑不止"。虽然埃莉诺本人从不表现得像个小丑,但她的尖酸刻薄、伶牙俐齿和早年的轻浮举止颇有其祖父的遗风。

关于威廉九世还有一个令人不安的传说,埃莉诺似乎对此印象深刻:一个神圣的隐士来到他面前,以上帝的名义抗议他对丹泽萨的强奸。然而隐士受到了公爵一贯的嘲弄。于是,隐士诅咒威廉九世:他和他的后代,无论男女,都无法享子孙的福。当埃莉诺年老的时候,林肯的主教休(圣休)经常讲这个故事,他说他是从她的丈夫亨利二世那里听到的,料想国王一定是从埃莉诺本人那里耳闻此事。

公爵威廉十世(埃莉诺的父亲)几乎和威廉九世一样有个性,但他更好斗。他喜欢赞助诗人,在他的宫廷里养有许多吟游诗人,包括来自阿拉贡、卡斯蒂利亚、纳瓦拉和意大利的外国人,甚至还有一个叫布莱德里的威尔士人。当这位公爵去世时,他的加斯科涅朋友塞卡蒙写了一篇哀歌,哀悼他的去世,哀悼他慷慨之举的结束。

但威廉十世本人并不是因这些诗句而为人熟知,人们印象最深的还是他好斗的性格。他体格魁梧、孔武有力,在各方面都是个出类拔萃的人物。据说他的饭量很大,相当于八个普通人的饭量。他很不明智地卷入了始于1130年的教会分裂,支持反教皇的安那克勒图反对英诺森二世;他威胁高级教士,无视教会的驱逐和禁令,这些行为妨碍了整个教区的宗教秩序。克莱尔沃修道院院长圣伯纳德向他发出了神圣惩罚的威胁,但他毫不在意,并拒绝开除一个主张分裂的主教。当圣伯纳德故意进入公爵的领地,并在帕尔特奈公开举行弥撒时,公爵全副武装地冲进教堂,给那愤怒的教士上了一课。然而,威廉十世遇到了对手。圣伯纳德说要指引圣军向他开战,公爵吓得直挺挺地倒在地上,口吐白沫。尽管在与教会的战斗中失利,威廉十世在与他的

---

① 12世纪英国历史学家。

封臣们打交道时却丝毫没有试图缓和矛盾。只有他的死,才阻止了利穆赞人联合起来造反。

很少有人知道埃莉诺的母亲——埃诺。她是沙泰勒罗子爵和他的妻子丹泽萨(即威廉九世的妾,莫贝尔庸)的女儿。埃诺育有三个孩子:威廉·艾格雷特(死于孩提时代)、埃莉诺和彼得罗尼拉(有时也被称为埃利斯)。有一个异想天开的传说,说埃莉诺的名字(普罗旺斯语为Aliénor),是从拉丁文的双关语阿丽亚·埃诺得来的,即"另一个埃诺"。埃诺公爵夫人任命了她的叔叔为普瓦捷的主教,也许是因为他是安那克勒图的支持者。而她很可能因为丈夫是反教皇一派而被逐出教会。另一个有史可考的细节是,她大约在1130年死在塔尔蒙,当时埃莉诺只有八岁。

威廉十世似乎特别喜欢他的大女儿,总让她陪伴在自己左右。因此,埃莉诺的童年是在奔波中度过的。像所有中世纪的统治者一样,她的父亲一直在锐意进取——伸张正义,让叛逆的封臣们屈服,而埃莉诺则常常陪伴在他身边。在波尔多的罗马城墙内,她住在安布里埃宫,里面有高大的城堡主楼——弩手宫,不过她也住在城外的塔泰尔宫。在普瓦捷,她曾住在富丽堂皇的莫贝尔庸塔,她祖父的妻妾们曾在那里住过。利摩日、尼奥尔、圣让当热利、布莱、梅勒、巴约讷和其他城镇也有类似住所,还有所有封臣的要塞、宫殿中也有。此外,还有许多富有的修道院以招待公爵家庭为荣。公爵也常住在伯兰(波尔多附近)和塔尔蒙等地他自己的一些住宅里,如普瓦图海岸的城堡和狩猎小屋。

埃莉诺接受的教育绝不局限于针线活。她被教导读拉丁语:首先学习教会的祈祷和礼拜仪式,然后学习《圣经》,还有神父和奥维德①的著作。她学有成效,后来她便能够欣赏在宫廷表演的拉丁喜剧,她很可能会说这种语言。她还会用拉丁语书写——这对世俗中人来说是一项难得的本事。她还学习用普罗旺斯语读书和写作,对吟游诗人所

---

① 古罗马诗人。

谓"欢乐的艺术"颇为精通。

埃莉诺从吟游诗人那里学到的很可能并不仅仅是"欢乐的艺术"。这些吟游诗人有许多来自图卢兹，那里（尤其是阿尔比镇）是一个类似摩尼教的新宗教中心。阿尔比派教徒的浪漫主义历史模糊了他们信仰的本质，他们认为所有的物质都是邪恶的，而生育是最终的罪。但这样的观点激起了那些奉行柏拉图式爱情的诗人的兴趣。此外，阿尔比派牧师们的正直与基督教牧师们的腐败和懒惰形成了鲜明的对比。整个阿基坦南部地区都变成了阿尔比派教徒的地盘。尽管没有编年史家认为埃莉诺是阿尔比派教徒，但在她父亲的宫廷里肯定有很多阿尔比派教徒，她可能对他们的信仰比较了解。

埃莉诺明显早熟，因为她经常参与父亲的事务。她遗憾自己不是男儿身，这种遗憾，加上她的地位和阿基坦宫廷生活所赋予的自由，使她随心所欲，不顾世俗的看法。然而，虽然她很独立、意志坚强，但她太女性化了，不可能像假小子一样；后来人们认为她可能像男人一样穿着盔甲，而且她在性问题上也表现得有些随意。

到这时，卡佩王朝终于开始确立自己的地位并谋求扩张。尽管路易六世贪图享乐，一味追求吃喝，到四十多岁时，已经胖得不能上马了，但他的野心不满足于仅做"法兰西岛公爵"。在王室领地首次实行严格的法律和秩序之后，他通过军事技巧和个人魅力，使他最强大的封臣们臣服，像在波旁爵位继承问题有争议时那样，把他奉为法官和仲裁人。到1124年，他的封臣们已能尽心尽责地帮助他击退亨利五世和英格兰国王亨利一世的入侵。路易六世还找到了其他的支持，他向整个法国（虽然很少在他自己的领土上）的小城镇公社颁发了成立市政府的特许状，使他们可以摆脱对领主的封建义务。胖子路易贪婪地盯着阿基坦及其继承人，这是可以理解的。有了这样的国王，埃莉诺必须优先考虑卡佩王室的追求者。因为无论如何，一旦她的父亲去世，她的监护权和她的封地将归国王所有。

1137年的耶稣受难节，伟大的威廉十世公爵在向圣徒雅各伯祈祷的时候，死在了德孔波斯特拉，而后被埋葬在德孔波斯特拉的祭坛下。

此时，埃莉诺除了求助国王路易六世，别无他法。虽然女人也可以继承封地，接受封臣的供奉，并带领他们作战，但根据封建法律，任何残酷的追求者都可以直接抓住她，并强迫她结婚，以此掠夺她继承的遗产。目前尚不清楚威廉十世是否曾表示过他的女儿愿意嫁给国王路易六世的儿子，但他很可能已经承认国王路易六世有权成为她的监护人。埃莉诺很快就和年轻的路易王子订婚了，后者是路易六世唯一幸存的儿子。甚至在他们结婚之前，胖子路易六世就急不可待地让他的儿子正式宣称拥有普瓦捷和阿基坦，并于1137年6月29日在利摩日接受了新封臣们的致敬。

未来的路易七世现在已经十六岁了。起初，他注定要去修道院。他早年就曾在圣但尼修道院当小修士，在修道院院长叙热（Suger）仁慈的照顾下度过了童年时光。然而，当他长到九岁的时候，哥哥菲利普的马撞上了一头乱跑的猪，菲利普从马背跌落并因此丧命，于是路易自然而然地成为新的王位继承人，并根据卡佩王室习俗被加冕（以确保无可争议的继承权）。但他念念不忘纯真的童年时期，并对牧师的慈爱记忆犹新。他延续了一些宗教生活习惯，有时仅穿一件粗陋的灰色长袍和便鞋，就像一个质朴的教友。在外表上，他身形矫健，不像他父亲那样肥胖，留着黄色的长发，有一双温和的蓝眼睛。他最大的特点就是他那谦逊、不谙世事的性格，这给了他一种纯真的魅力。然而，他其实比外表看起来更聪明，而且具有真正的智慧。他最大的两个缺点：一是脾气暴躁得可怕；二是性格中有一种过分的罪恶感和自责感。

路易王子花了一个多月的时间，从巴黎出发赶赴他的婚礼。陪同他的还有老朋友修道院院长叙热（也是他父亲信任的牧师）、沙特尔主教和其他主教。包括香槟伯爵蒂博和韦尔芒杜瓦伯爵拉乌尔在内的封臣（埃莉诺后来会听说这两人之间达成了一笔好交易），也作为护卫随行。自然，他带上了华贵的聘礼。

即使是像修士般虔诚、禁欲的年轻国王，在见到新婚妻子的时候，也一定被她深深吸引了。埃莉诺除了拥有巨额的财富，她本身的女性魅力也足够令人倾倒。从可以考证的历史资料以及最不情愿为她说话的神职人员的口中,我们得知,十五岁的她已经俨然是个大美人了——个子很高、身量苗条、面容姣好,一直到晚年,她的眼睛都很明亮(她很可能有一头金黄的头发和一双碧蓝的眼睛,在那个时代,这些特征被认为是真正的大美人必不可少的条件)。显然,她继承了她父亲和祖父的优良体格。从举止上看,她彬彬有礼,又具威严,她自称是查理大帝的后裔,而这些特征与她的说法是一致的。她一定比她的新郎成熟得多。此时,她可能已经成为吟游诗人的保护者,尤其是那些遭受家暴的妇女们的保护者(她同样以同情陷入困境的女性而闻名;她对丰特夫罗修道院的资助就充分证明了她对那些逃离家暴的妇女的关心,该修道院正是这些受害妇女的避难所)。她确实是一个有着非凡责任感的女性。

1137年7月25日(星期日),这对新人在波尔多的圣安德烈大教堂举行了婚礼,婚礼由洛鲁大主教杰弗里主持,加斯科涅、普瓦图和圣通日的宗教和世俗君主共同见证了婚礼。后来,在安布里埃宫的婚礼宴会上,路易王子佩戴上了阿基坦公国的公爵冠冕。随后,他们在塔耶堡的城堡度过了新婚之夜。

两周后,在普瓦捷的大教堂举行了另一个仪式。同年8月8日,埃莉诺和路易王子举行了阿基坦公爵和公爵夫人的圣礼,这一仪式仿照了为法国国王加冕的仪式。在随后的莫贝尔庸塔中举办的宴会上,修道院院长叙热给他们带来了一个消息:路易六世在一周前死于暴食。在接下来的十五年里,埃莉诺几乎再没有回过阿基坦。

第一章 阿基坦和吟游诗人

第二章 法国王后

> 牧师们无法容忍一个女人在祭祀时胆大妄为。
> ——拉辛①,《亚他利雅》

> 和一个没有危险的女人生活在一起,比起死回生还要困难。
> ——圣伯纳德,《〈雅歌〉布道》

1137年的圣诞节,埃莉诺在布尔日被加冕为法国王后。尽管路易之前已经被加冕,但他仍一同接受了圣礼。路易七世迷恋上了他美丽的妻子,而她则回报了他的爱。怀着对丈夫的感激之情,她将一切纠缠不休的追求者拒之门外。在婚姻初期,这对夫妇没有任何不和谐的迹象,婚后的几年里,埃莉诺一直享受着她所创造的西方基督教世界中最快乐、最辉煌的宫廷生活。

她婚后主要居住在巴黎。当时的巴黎并不繁华,城市基本上没有围墙,道路也没有砖石铺砌,城中还矗立着许多古罗马城的遗迹。巴黎当时的中心是塞纳河中央被城墙包围的圣路易岛,三个世纪前居民们就是在那里躲避维京人的侵袭。国王和主教的宫殿(现在的西岱宫和圣母院)都在那里。塞纳河上的桥的右岸由宏伟的大城堡守卫,左岸是小巧的城堡。在塞纳河左岸矗立着古罗马的浴场,这是一座巨大

---

① 让·拉辛,法国剧作家。

而摇摇欲坠的建筑。几个世纪以来,墨洛温王朝、加洛林王朝和卡佩王朝先后对其进行了修缮工作。当时那里虽是一个城乡接合部,遍布葡萄藤、果园、市场花园甚至小农场,但是在右岸,商业和金融业已经逐渐发展起来,出现了由商人、工匠和货币兑换商组成的日益庞大的社区。虽然巴黎在下个世纪将成为一个遍布哥特式建筑的辉煌之都,但现在它还远远没有呈现出那种繁荣的迹象。在那时,它可能还没有王后自己的城市普瓦捷和波尔多那样令人印象深刻。

然而,对于像埃莉诺这样聪明的女人来说,巴黎和它周边地区还是令她感到非常兴奋的。"巴黎,城市之冠,一颗璀璨夺目的明星,她如此壮丽,是皇家宫殿所在的岛屿",巴佐什的圭多在一篇经常被引用的文章中写道,"岛上有哲学和王朝变迁遗留下的厚重历史。她卓尔不群,美丽动人;她如璀璨的明星般,熠熠生辉,光照大地;她为这些城堡注入活力,使其历久弥新,永世长存"。我们所说的12世纪的文艺复兴此时正处于鼎盛时期。在那个时候,巴黎虽然还没有一所大学,但神学和哲学学院在左岸的宗教场所中已如雨后春笋般涌现。这里的学生来自世界各地,包括当时一位叫托马斯·贝克特的英国人。那个时候,在这些学院里充满了彼得·阿贝拉德①所谓的"异端邪说"。在阿贝拉德的信中,他声称,一些有地位的高贵女士会来听他的演讲。很可能王后对他的思想有所了解,她很可能听过他的讲话。奥尔良、沙特尔和图尔也有类似的学校,那里有关于柏拉图和亚里士多德的讲座,后者最近才被在西班牙摩尔人聚居区旅行的学者重新发现。奥尔良是人文主义的大本营。当时古典诗歌正出现一种新潮流:人们在学习欣赏贺拉斯、奥维德、维吉尔和马提亚尔的作品。12世纪也是中世纪拉丁抒情诗经典频出的世纪。此外,法国南部的吟游诗人在北方也得到了回应,他们用慵懒的奥依语写作,不仅创作了情歌,还创作了史诗般的圣歌。在视觉艺术方面,尖拱的发明将法国推向了第一个也是最美丽的哥特式建筑的浪潮中。在更深的层面上,也有一场精神革命

---

① 法国神学家、诗人、哲学家。

正在萌发,表现在新宗教修道会的建立上,如熙笃会、加尔都西会、普利孟特瑞会、丰方德霍修会。

尽管王后的宫廷里有拉丁戏剧表演,到处都是吟游诗人,但总的来说,她的娱乐活动不仅仅是智力活动。她引入了普罗旺斯的诗文和阿基坦一切文雅的东西,包括对女士的尊敬,这无疑是对教会人士和北方丈夫们的丑闻的讽刺。当然,北方同样也对她带来的南方时尚(男士间流行的卷曲的胡子和短斗篷,女士间流行的精致的头饰)感到反感。

年轻的国王路易七世虽然被他美丽的妻子迷住了,但他无法抑制自己过分的宗教虔诚。埃莉诺一向显得轻浮,她很难再欣赏路易七世的修士行为——禁食和其他苦行,并在唱诗班的舞台上代表他和他属灵的兄弟们唱圣歌。她可能对他在知识方面的研究更感兴趣,因为她后来展示出亚里士多德逻辑学方面的知识,并知道如何在论证中使用三段论。她很可能喜欢国王在宫廷花园里安排的学术讨论。在这个时期,路易七世也分享了他妻子的一些乐趣,他喜欢上打猎和锦标赛,也对诗歌有了一些欣赏品位。他深深地爱着她,花很多时间和她待在一起,他们一起巡视她的领地,在各大城市举行宫廷活动。

在早期,路易七世充满活力和自信。他的禁欲主义使他摆脱了父亲的贪婪和肥胖。他的婚姻使他的领土扩大了三倍,这是一个良好的开端,人们都希望他的统治将是辉煌的。在内,他的任何封臣都不足为虑;在外,无人可以威胁到他:德国因帝国选举争端而四分五裂,英国此时则陷于斯蒂芬国王混乱统治的艰难处境。

路易七世为人正直、率真,他以礼貌、善良、慷慨和质朴闻名于世。有一天,他躺在一片只有两个骑士守卫的树林里睡觉,香槟伯爵因此责备他大意,而他却回答说:"我独自睡在哪里都是安全的,因为我没有一个敌人。"当他和英国人沃尔特·马普谈论国王的财富时,他表现出了吸引人的超凡脱俗。路易七世说印度君主拥有珠宝、狮子、豹子和大象;拜占庭和西西里的统治者拥有美妙的丝绸和贵重金属;德国皇帝指挥优秀的士兵和战马;英国国王"有数不尽的金银、宝石、丝绸和人马，他什么都不缺"；但对于法国国王来说，"我们只有面包、葡萄酒和幸福"。

路易七世有他的现代崇拜者。法蒂埃教授认为，"历史学家们很晚才开始认识到路易七世的真正价值，这点令人惊讶。事实上，他圣洁的性格强烈地使我们联想到他的曾孙圣路易"。法蒂埃教授还认为路易七世在本质上是一个现实主义者。但在一些情形中，他又远非圣洁或现实。诚然，他继续推行他父亲的政策，取得了相当大的成功，最终建立了对法兰西岛全面而持久的控制；他还通过向各城镇颁发特许状，将王权扩展到法国全境。但路易七世有一种野蛮的脾气和奇怪的极端性格，这种性格导致他对一些情况有严重的误判。

埃莉诺很有经验并且精力充沛，她很快就完全控制了丈夫。当她初到巴黎时，她第一次的力量展示是同她婆婆的较量。萨伏依的阿德莱德并不喜欢自己年轻的取代者，她很快搬回香槟的庄园，那个庄园曾是她的嫁妆。这件事很好地证明了这位十五岁的王后强悍的性格，在这次交锋中，她非常迅速地取得了胜利。而她失意的婆婆阿德莱德为了寻求安慰，嫁给了蒙莫朗西勋爵，从此默默无闻。

圣但尼修道院的叙热院长是另一位对手，他的仁慈使他更加强大。这位出身卑微、体弱多病的修士，既是唯美主义者，又是神秘主义者。他曾是路易六世的朋友和顾问，并继续给路易七世出谋献策。他对穷人和他们在贪婪领主手下所受的痛苦表现出不同寻常的同情。他的影响力体现在国王的行为上：路易七世在枫丹白露建造狩猎小屋时，无意地侵占了一个农民的田地；当他得知真相后，立即派人拆除庄园并归还田地。路易七世对犹太人的宽容，也许也源于叙热。尽管十分仁慈，但院长也是一位有天赋的政治家，他渴望扩大卡佩王室的领土，发展仁慈的政府。他视阿基坦为天赐之物，并尽力促进国王和王后之间的友好关系。

虽然叙热院长对路易七世具有强大的影响力，但埃莉诺还是成功地取代了前者的位置。她要路易七世去远征，这件事显然难以得到叙热的祝福。婚后一年，普瓦捷的资产阶级拒绝对她履行一切封建义务,他们自行成立了一个公社。路易七世和他的骑士们立刻冲进这个傲慢的城市。然后,他在莫贝尔庸塔外的广场上围捕了那里统治阶级的子女,打算把他们作为人质带回巴黎。那些心急如焚的父母们请求叙热介入。于是院长以最快的速度赶来了,他艰难地劝说国王释放孩子们。这种仁慈的行为无疑使王后反感,并使她走向了叙热的对立面。她不喜欢人们干涉与她的利益直接相关的事务。不久之后,路易七世又不得不与她的某些封臣斗争,这些人在勒扎伊勋爵的带领下,拒绝向她履行封建义务,并从她在塔尔蒙特的狩猎小屋里偷走了一些珍贵的矛隼。路易七世于是挥剑砍断了他们的手。1141年,国王又率领一支远征军前往图卢兹,试图为他的妻子夺取这个郡。虽然最终一无所获,很快就被迫撤退,但显然埃莉诺为他的行为感到很高兴,她送给了他一件华丽的礼物——一只装满金子的水晶花瓶,上面镶嵌着很多珠宝(今天在卢浮宫里还可以看到这个花瓶)。

虽然此时的埃莉诺完全占据了自己丈夫的心,但路易七世仍然对教会事务感兴趣。1140年5月,在桑斯大教堂,国王与教皇的军团以及众多的主教和神职人员共同主持了圣伯纳德和彼得·阿贝拉德之间的辩论。圣伯纳德喜欢从字面上理解经文,他被阿贝拉德的主张激怒了,后者主张从理性的角度审视《圣经》和神父的著作。他声称,因为逻辑和哲学必然站在真理的一边,所以运用批判的方法是没错的。圣徒以惊骇的语气向大会宣读了从阿贝拉德著作中精心挑选的十七段文字,这些段落的言外之意令人不悦。震惊的大会人员立即谴责阿贝拉德,而且不允许他为自己辩护。然而后来,当阿贝拉德去罗马向教皇申诉时,他随即被免除了异端的罪名。可以说,圣伯纳德是一个残酷的对手,埃莉诺将不得不因他付出代价。

具有讽刺意味的是,路易七世卷入的下一桩麻烦事也是由教会事件引起的。他坚持要任命他的顾问卡杜尔克担任布尔日大主教,尽管事实上,拉沙特尔的皮埃尔已经按照宗教仪俗被选举,甚至收到了教皇赐的法袍。国王拒绝皮埃尔进入布尔日,因此教皇英诺森二世向法国发出禁令。他还给路易七世寄了一封措辞严厉的信,告诉后者不要再表现得像个愚蠢的小孩。而国王对此的反应是让卡杜尔克继续担任大主教。与此同时,皮埃尔躲进了香槟伯爵蒂博二世的领地,而路易七世与这位伯爵早有嫌隙。

埃莉诺的妹妹彼得罗尼拉和韦尔芒杜瓦伯爵拉乌尔私奔了,后者是国王的堂兄,也是法国的元老。虽然拉乌尔已婚,年纪也比彼得罗尼拉大很多,但王后完全支持妹妹。拉乌尔也说服他的兄弟努瓦永主教,联合其他两位主教,以血缘关系为由废除他之前的婚姻,然后在王室的同意下娶了彼得罗尼拉。令人震惊的是,圣伯纳德就此事向教皇提出抗议,教皇将努瓦永主教逐出教会,并命令拉乌尔回到他的第一任妻子身边。这个事件没有引起人们的注意。

韦尔芒杜瓦的伯爵夫人在她的叔叔香槟伯爵蒂博二世处避难,请求他的帮助。蒂博二世除了是香槟伯爵之外,他也是布里和布卢瓦伯爵,他的领地包围着王室的领地。他先前试图干预和保护皮埃尔的行为已激怒了国王。于是,国王在1142年入侵香槟,并逐步扩大入侵范围。这场战役在1143年达到高潮,当时王室军队向佩尔图瓦的维特里镇开火,教堂被烧毁时,一千多名难民(主要是妇女和儿童)丧生。当时在场的路易七世感到颇为惶恐,但毫无疑问,他的惶恐更多是因为亵渎神灵产生的不安而非他的屠杀行为。

国王现在收到了圣伯纳德控诉的信件,后者的克莱尔沃修道院正好位于香槟。他指控国王"杀害、焚烧、拆毁教堂,将穷人赶出住所,与土匪和强盗勾结",并警告说,国王即将面临愤怒的上帝的惩罚。圣伯纳德随后在科尔贝和路易七世会面,但这次会面以国王发怒而告终。即便如此,路易七世内心还是被罪恶感压倒,被这个严酷的教士震撼。

多年来,克莱尔沃的圣伯纳德一直统治着西方基督教世界(尤其是法国的公众舆论)。当他在1113年加入熙笃会时,他还只拥有一个修道院;而到了1153年他去世时,他有近350个修道院。这种快速的扩张几乎完全是由于他天才的宣传能力。在克莱尔沃修道院的楼梯下的小房间里,他不断地发出一些信件和小册子,里面的内容几乎包含了当时的每一个世俗和宗教议题。在外表上,他就像《旧约》中的一个先知，非常高大消瘦，面色惨白，头发也是白的，这是他早年的苦行生活造成的。他的声音连最勇敢的对手都害怕。路易七世最终难免会让步，但他仍然坚持了很长一段时间，这是让人意想不到的。

　　埃莉诺意识到路易七世必须和圣伯纳德和解，她自己一定也有点害怕那个令人生畏的院长。1144 年 6 月 11 日星期日，叙热在圣但尼的新修道院教堂举办的落成仪式，成为他们和解的机会。这是法国第一座宏伟的哥特式教堂，充分利用了开创性的尖拱和肋拱。这是可爱的叙热最真挚梦想的实现，上帝被一种有形的美美化。教堂是一座宝库，由宝石般的彩色玻璃照亮，里面装满了镶嵌着稀有珠宝的贵重金属圣器；祭坛上的陈设包括一个二十英尺①高的金十字架，圣但尼的遗物则用全银制的器皿盛放。王国里的每一个贵族都贡献了一些昂贵的装饰品，路易七世的礼物之一是王后送给他的水晶花瓶。人群如此密集，据说在教堂里，人们摩肩接踵，几乎找不到插脚的地方。所有人都在场，其中——也许有点令人惊讶——也有圣伯纳德：毕竟在他的宗教信仰里，教堂应该简朴，不应该有黄金和珠宝，甚至是彩色玻璃。国王和圣徒都被仪式深深地感动了，并互相友好地对话。

　　圣伯纳德与王后的会面不太愉快，他一点儿也不欣赏她。他不允许他的修士们见他们的母亲或姐妹，他对女性魅力非常恐惧。他在一封写给修女们的信中，他提到了宫廷妇女邪恶的虚荣心，他说她们穿着由"蚕辛勤的劳动"（即丝绸）制成的锦衣华服，并对她们整日以浓妆艳抹的"面具"示人，晚上才洗去铅华表示痛惜。他近距离地仔细观察这些女人，"她们的手臂上戴着沉重的手镯，耳朵上挂着宝石耳坠。她们头戴亚麻布方巾，方巾披在脖子和肩膀上，方巾的一角从左臂上落下。她们的方巾，通常用花环、金带或圆环固定在额头上"。他还描述那些女士们的步态，"她们走路时，高挺着胸脯，显得矫揉造作。她们的装饰和打扮更适合宗教仪典。她们的衣饰很长，拖在身后，走过时，会扬起阵阵灰尘"。他的这些话肯定会进一步刺激那些修女，让后者

---

① 1 英尺＝0.3048 米。

很不舒服。他还谈到了一些人,她们虽然没有那么多夸张的装饰,但是身上挂满了金银珠宝,以及"与高贵显赫的身份形影不离的一切"。人们不禁怀疑,最后一个描述是在影射埃莉诺。除了外表外,王后令他讨厌的地方还很多:比如她养吟游诗人的行为,以及她奢侈和轻浮的名声。她的家庭背景也给她减分。她的父亲和母亲是反教会人士的支持者,因此被逐出了教会。他们被主教视为心腹大患,被遗弃在教堂之外。她的祖父一直是放荡生活的代名词,她的祖母则是妓女出身的丹泽萨。

在埃莉诺看来,圣伯纳德是个极其可怕的人物,一个不祥的人,但她并不害怕。圣伯纳德抱怨说王后对路易七世的影响比任何人都大。而后,他又指责她多管闲事,并要求她停止干涉国家事务。但埃莉诺仍说服国王与院长谈话,并想与教皇和香槟伯爵维持适当和平。最激怒圣伯纳德的是他怀疑埃莉诺告诉她的丈夫要谈条件,而不是卑躬屈膝地妥协。国王同意从香槟撤军,但前提是解除禁令。

王后对这位圣人印象深刻,因此在子嗣问题上请求他的祝福。除了一次流产外,她在结婚的七年里都没有过身孕。圣伯纳德回答说:"只要在王国里为和平而努力,那么我告诉你,仁慈的主一定会答应你的请求。"

和平并没有立刻到来。新教皇策肋定二世拒绝解除禁令,战斗再次爆发。最后,圣伯纳德说服策肋定二世取消了禁令,但作为回报,路易七世不得不任命拉沙特尔的皮埃尔为布尔日大主教。圣伯纳德和叙热随后促成国王与香槟伯爵蒂博二世的和解。教皇最终承认了韦尔芒杜瓦的拉乌尔和彼得罗尼拉的婚姻。埃莉诺则必须为这场战争承担很大的责任。

正如圣伯纳德所断言的,和平来临后,王后很快就生了一个孩子,然而是个女孩。她被命名为玛丽,后来嫁给了蒂博二世的继承人,成为香槟伯爵夫人。

大约在这个时候,埃莉诺和她丈夫之间出现了第一个不和谐的迹象。虽然编年史家和通俗历史学家指责她滥交,甚至把她比作麦瑟琳娜皇后，但现在很少有严肃的权威学者认为她真的在身体上对路易七世不忠。相反，她可能只是生性喜欢调情。她的轻浮和奢侈，她对浪漫诗人的爱好，她有趣（可能常常是色情）的谈话，以及她对有情人的同情（例如对她妹妹私奔事件的态度）等都令人不难理解为什么教徒们会对她产生怀疑，认为她不忠于婚姻。作为教徒的国王本人也可能怀疑过她，这从马卡布鲁事件就可以看出来。王后邀请了这位著名的加斯科涅吟游诗人来到巴黎。他是她父亲最喜欢的吟游诗人塞尔卡蒙的学生，他的诗句在普罗旺斯语世界中被广泛传唱和欣赏。马卡布鲁立即对他美丽的赞助人产生了强烈的柏拉图式的热情，他在他的诗歌中明确表达了这一点，这些诗歌被到处传唱。路易七世国王对这位诗人采取了更多的暴力行为，他愤怒地驱逐了这位雄辩的诗人。（具有讽刺意味的是，马卡布鲁的其他大多数诗歌都表现出对女性明显的蔑视。）

此后人们可以看出，埃莉诺的婚姻开局很好，现在却受到了来自多方面的威胁。路易七世在香槟战争中经历了严重的危机，很可能在某种程度上对他的妻子亦有所责怪。她在圣伯纳德心里成了一个最危险的人，他认为她不是一个基督教国王的理想配偶。她也没能生出一位王室继承人，而这是每个王后的首要职责。尽管如此，路易七世此时仍然迷恋着她。

第三章　十字军东征

在荒凉的东边,我变得多么无聊!

——拉辛,《贝蕾妮丝》

争论已经开始了,他的妻子和他背道而驰;她,正如人们所言,轻视了他的爱,而他则抛弃了她的爱。

——福特①,《可惜她是个娼妓》

在 1144 年的平安夜,埃德萨(幼发拉底河对岸的一个拉丁郡的首府)落入了萨拉森人之手。这件事震动了基督教世界,他们忧惧一代人花费了巨大代价所夺回的圣地有可能会再次失去。经过深思熟虑,新教皇犹金三世决定,发起第二次十字军东征。1145 年 12 月,他向路易七世颁布教皇诏令,呼吁国王和他的封臣们动用一切资源,发动一次远征。作为回报,他们所有罪恶都将被宽恕。后来,教皇又给德国皇帝康拉德三世发布了一个类似的诏令。

路易七世赞成这个决定,毫无疑问,他真诚地相信每个基督徒都有责任把基督和他母亲的土地从异教徒手中解救出来;同时也因他一直以来对亵渎了神灵的维特里大屠杀感到内疚,而这次东征可能是一种适当的弥补。埃莉诺也同样热情:不仅由于她本身旺盛的精力和冒

---

① 约翰·福特,英国剧作家。

险精神，同时也因为她认为这件事很可能拯救她风雨飘摇的婚姻，甚至可能带来主的祝福，从而结束她无子嗣的局面。然而，路易七世的封臣们对此响应并不热烈，圣诞节，他们聚集在布尔日，反应冷淡。基督教世界的所有国王（或者至少在西欧的国王们）以前从未去过叙利亚。尽管第一次十字军东征取得了成功，但数千名参战者已经死亡。院长叙热公开反对这个计划，他对国王打算离开国土这么久表示震惊。过了很长一段时间，路易七世才获得足够的支持。

因此，教皇犹金三世转向求助他的同胞——熙笃会的圣伯纳德，并和路易七世一起恳求雄辩的院长鼓动十字军。1146年复活节，国王在勃艮第的韦泽莱召集了另一个集会，以便圣伯纳德能够向众人发出呼吁。这是3月的最后一天，天气很好。美丽的罗马式风格（至今仍然以此闻名）小镇巴西利卡太小了，根本不能容纳聚集在一起的广大群众，于是院长就在附近田野里的一个高坛上向他们发表了讲话。他布道的内容今天已经不得而知，但他雄辩的口才显然产生了神奇的效果。很快，他的听众就大喊道："十字架标志，给我们十字架标志！"许多人希望把它们缝在衣服上，以彰显他们的誓言。他们很快就用完了可用的每一块白布，圣伯纳德不得不奉献出他自己的白色斗篷用以制作十字架标志。不仅大领主和他们的国王一起宣誓，广大的淳朴百姓也宣誓要继续十字军东征。圣伯纳德院长毫不掩饰地向教皇犹金三世报告说："你命令，我服从。你的权威使我的服从富有成效。我一张嘴说话，十字军人马立刻成倍地增加。乡镇荒无人烟，每七个人里几乎找不到一个男人，全是妇人，男人们都加入了十字军。在任何地方，你都会看到丈夫在忠心效力十字军的留守妇人。"然后圣伯纳德去了德国，在施派尔，圣诞节刚过，他就羞辱了不情愿东征的德国皇帝康拉德三世，迫使其最终加入了圣战。

有一个女人不在院长所说的留守妇人之列，此人即是埃莉诺。她发誓要到圣地去，在耶路撒冷的基督坟墓前祷告。毕竟，在第一次十字军东征时已有先例，公主们那时都陪伴着她们的丈夫。据说奥地利的艾达就是在穆斯林的后宫里结束了她的生命。埃莉诺亲自向圣伯纳德发誓,她会带领她的封臣们出征。这是她在封建法律中的特权,谁也不可能阻止她。无论如何,路易七世不会丢下她。纽堡的威廉告诉我们,他美丽的妻子这样做了以后,他唯恐自己会失去她。她与其他伟大的女士一起,包括佛兰德伯爵夫人、布永的托奎里、图卢兹的费迪德和勃艮第的弗洛琳。事实上,纽堡的威廉抱怨女性十字军的数量,可能会让人们怀疑她们的动机并非完全虔诚——海外(法国人当时这样称叙利亚和巴勒斯坦)童话般的奢侈品也很诱人。但编年史家们从未质疑过埃莉诺的诚意。

接下来的几个月是为探险做准备的阶段。十字军在法国各地征收重税、筹集资金,在这个过程中遇到许多困难。埃莉诺的封臣们对于她领地的掠夺尤为凶猛。而她自己此时正忙于召唤她的骑士们应战,在那些答应来的人中,有吕西尼昂、图阿尔和塔耶堡的领主。吟游诗人们也响应了她的召唤,包括若弗雷·吕德尔和马卡布鲁,前者没能从战场回来,后者写了一些颂扬十字军的诗歌。王后为她的灵魂也做了一些准备,以防她不能平安归来。她给修道院捐赠,其中包括丰特夫罗修道院,以便教士们能为她祈祷——这是她真正显示出正统宗教情怀的第一个证据。

准备工作历时一年多。路易七世命叙热在他东征期间代为管理朝政,这是一个明智的决定:叙热院长摄政期间,政令畅通,执行有力,他还在不增加穷人负担的情况下,重新组织、巩固了王室财政。1147年2月,国王在埃唐普举行了最后一次集会,讨论十字军出征的路线等问题。出席这个会议的领主包括佛兰德伯爵、图卢兹伯爵、德勒伯爵、讷韦尔伯爵、波旁王朝的君主和香槟伯爵的继承人。在春天来临的4月,教皇犹金三世在第戎会见了国王,督促法国人出征。最后,路易七世拿走了用圣但尼的斗篷做成的红色军旗——它只在面对基督和法国共同的敌人时才展开。在收到教皇个人的祝福后,路易七世于6月8日离开圣但尼。埃莉诺和他一起骑马出征。

法国军队在梅茨集结,国王和王后在此加入军队,经巴伐利亚和匈牙利进入巴尔干。当时在场的《路易七世传》的作者写道:"这群骑士的盾牌和头盔在阳光下闪闪发光,旗帜在微风中飘扬,看到这一场景的任何人都会相信他们有能力征服十字军的任何一个敌人,征服整个东方的土地。"但事实上这支军队就是由成群结队的普通士兵和后勤人员以及满载行李和用品的笨重车辆组成的。王后和她的女士们显然成为累赘,甚至到了影响士气的地步。她们带来的一群婢女,对军队是不可抗拒的诱惑。编年史家对法国营地的放纵和淫欲多有针砭。在希腊编年史家尼西塔斯·蔡尼亚提斯的记述中,人们可以明显感觉到埃莉诺的存在。他在描述法国军队中的女人时似乎直指埃莉诺,"装束像男人,骑马,拿着长矛和战斧,表面看起来像士兵,像亚马逊女战士一样凶猛"。他说,在她们的前面有一个骑马的人,他给了她一个奇怪的头衔"金靴夫人"。在通俗的西方历史传记中,也有埃莉诺类似亚马逊女战士的故事——据说她还和她的女士们打闹过——尽管几乎可以肯定这不是事实,但它们确实从某个侧面让人看出了她的风采。

埃莉诺在巴尔干半岛度过了一段焦虑而又很不舒适的旅程:康拉德皇帝和他的德国十字军在几个星期前就走了和法国军队相同的路线,他们沿路烧杀抢掠,使民众非常敌视十字军,粮食供应也十分短缺。尽管面对着这些困难,法国军队仍保持了良好的纪律,在布兰尼切沃穿过多瑙河,前往阿德里安堡,然后前往君士坦丁堡,他们于10月4日顺利抵达。

埃莉诺和路易七世首先被安置在位于博斯普鲁斯海峡沿岸的布拉赫奈宫,后来他们搬到了城墙外的斐拉佩特地区。希腊皇帝曼努埃尔·科穆宁与法国国王交换了和平之吻。据后者在场的牧师(德伊的奥多)所言,他们看起来像兄弟,因为他们年龄、身高相仿;但人们可以想象得到,穿着紫色和金色衣服的希腊人与习惯穿着灰色朝圣服的法国人会形成一种多么奇怪的对比。十字军惊讶于对方皇宫的辉煌程度:黄金宝座,镀有金银的圆柱,珍贵的大理石铺就的路面和闪闪发光的镶嵌画。曼努埃尔皇帝在欢迎仪式后举行的宴会使他们更加大开眼界。他们第一次尝到了鱼子酱这样的美味,第一次品尝到各种稀罕物,如糖、胡椒和肉桂等制成的酱汁。他们还不得不使用诸如酒杯和叉子等不熟悉的餐具。随后的日子也是在类似的宴会上度过的,参观传说中的城市及其宫殿和教堂,以及狩猎、探险。希腊人那里有当时世人所知的所有奢侈品的顶级市场,有驯养的豹子,来自中国和印度的丝绸,来自阿拉伯的油和香水,来自波斯的地毯,来自俄罗斯的毛皮。曼努埃尔皇帝和他的领主们亲自带领法国国王和领主们参观。他们可能花了一些时间讨论十字军征服者的未来,但路易七世完全被这里的富饶迷住了,不同意交出任何他可能占领的曾属于拜占庭帝国的领土。

希腊皇帝小心翼翼地注视着埃莉诺,埃莉诺也受到了艾琳皇后的款待。后者是一位德国女士,最初被称为苏尔茨巴赫的贝莎,因她吹嘘自己拥有"一个不可征服的好战血统";人们猜测艾琳可能是一个老古董。她们的会面一定使法国王后相形见绌,因为艾琳皇后的举止之优雅远超埃莉诺的想象:这里是一个继承了古希腊和古罗马物质文明的城市,这里有先进的医学、城市管道和排水系统以及中央供暖,而且女士们一直使用着各种化妆品。埃莉诺欣赏拜占庭式的服装品位,很可能正是她把球形头巾、高尖的帽子和像鸟喙一样的鞋子等着装时尚带回了法国。

尽管曼努埃尔皇帝极为友好地接待了他的"法国客人",但他还是想尽快摆脱他们。他的确喜欢西方人,即使他们有时攻击他的帝国,但这种喜欢绝不至于让他欢迎贪婪的军队。十字军恐吓他的臣民,破坏他与他的土耳其邻国的关系(这一关系依赖于复杂而微妙的外交平衡)。因此,他很高兴地告诉路易七世,他刚刚听说康拉德皇帝赢得了一场光荣的胜利,在这场胜利中,成千上万的土耳其人倒下了。法国国王急于向他的同伴分享十字军的胜利果实,于是在得到消息的三个星期后,便离开了君士坦丁堡。毫无疑问,埃莉诺对此很是遗憾。法国军队穿过博斯普鲁斯海峡,在卡尔西登露营,然后前往尼西亚,并于11月初到达那儿。

等待他们的却是令人惊恐万分的消息。与曼努埃尔皇帝传达的信息相反，德国人惨败，军力削减到原来的十分之一。这两支军队联合起来，没有按照原计划直接穿过卡帕多西亚，而是沿着拜占庭领土内靠近港口的安纳托利亚海岸行进。法国人先行出发，他们中的一些人对组成后卫军的德国残兵大喊大叫。康拉德皇帝的身体已经出现严重的健康问题，所以他和他的领主们从以弗所回到君士坦丁堡，在那里他得到曼努埃尔皇帝的照顾。

法国十字军和康拉德三世留下的德国残余部队在继续挣扎，军队纪律因严冬天气进一步涣散。埃莉诺和她的女士们乘坐马车前行，窗帘可能在某种程度上保护了她们，但她们的旅程一定很不舒服。圣诞节是在德库姆度过的，大雨和洪水摧毁了他们的帐篷和行李，淹死了许多人马。不久之后，他们开始受到萨拉森人（骑着快马的土耳其弓箭手）的攻击，后者从马鞍上开枪，然后手握土耳其弯刀围攻上来。在彼西底的安条克，全副武装的法国和德国骑士艰难地突破重围，穿过大桥。他们继而到佛里亚山区的老底嘉去，希望能抄近路到达安条克。到了1月，他们发现自己身处荒凉的山地。土耳其人从山顶上俯视着他们，准备飞奔而下，扑向这些掉队的士兵。德伊的奥多写道："道路变得非常崎岖，遇到上坡时，骑士们的头盔好像顶破了天庭，而遇到下坡时，战马的四蹄又好像踏入了地狱。"十字军不仅要面对敌人的不断骚扰，还要忍受狂风暴雨的袭击，加上食物短缺，以及对拜占庭向导的不信任，士兵们的士气正在迅速瓦解。

在安塔利亚附近，他们几乎全军覆没。一天晚上，法国先遣队的警卫没有听从路易七世的命令在他们经过的山口的高坡上安营扎寨，而是进入了不够开阔的山谷。（正如一些同时代的人所认为的那样，这不是埃莉诺的建议。）这使土耳其人能够保持与其大部队之间的联系，土耳其军队主力在占领了山口高地之后，立即发动了攻击。十字军骑士们拼命地向山上发起冲锋，但在混乱中节节败退。路易七世被敌人包围，他的战马被杀死。他爬上一块岩石，背对着山，成功躲过了异常兴奋的土耳其人的追杀，直至获救。也许他能保命要归功于他那毫不起眼的盔甲，这使得敌人无法认出他。许多十字军战士被杀，而他们的战友直到天黑时才得救。

第二天,路易七世召集了他的残余军队,把指挥权交给了一位真正有经验的士兵——圣殿骑士团的团长,他的分遣部队是唯一一支在战斗中严守纪律而没有溃散的部队。圣殿骑士们把剩下的军队安全带到了安塔利亚。事实证明,这是一个食物短缺的落后地区,国王此时认为,他到达圣地的唯一希望是走海路。于是他不得不花上一个多月的时间来雇用船只,在此期间,土耳其人不停地袭击该镇周边。当舰队准备好了,却发现没有足够的空间容纳所有人,于是步兵和修士们就被放弃了。他们被留下断后,而路易七世则带着骑士团扬帆启航,向目的地进发。

这是一次恐怖的航行,当时正是一年中风暴频发的季节,这使航行困难重重、险象环生。在呼啸的狂风巨浪中,埃莉诺甚至想:自己宁愿被土耳其人打伤,然后躺在摇晃的担架上,也不愿待在这个剧烈晃动的船上。为了把船只改造成可以运输马匹的工具,船体上有多个很大的门,这些门在开航前被堵死,随时有被撞破的危险。一个世纪后,另一位十字军战士茹安维尔写道:"航行者晚上入睡时忍不住问自己——不知明天醒来时是躺在船上还是葬身海底?"

经过三个星期的航行,饱受风暴摧残的舰队最终在 1148 年 3 月 19 日抵达圣西蒙,这是拉丁公国安条克最北面的港口。他们的船一靠岸,就受到了牧师们热烈的欢迎,牧师们唱着赞歌,安条克亲王和他整个宫廷的要员则护送他们回首都。安条克举办了骑士比武,以及各种宴会和选美比赛,来庆祝他们的到来。叙利亚的春天短暂而又迷人,花园和山坡上遍地鲜花,阳光温和而清澈。安条克是一座古老而辉煌的城市,坐落在欧朗提斯河上游的一个山坡上,有绵延 8 英里①的城墙,360 个堡垒,还有无数的别墅、宫殿和露天花园。

对于十字军来说,这一海外之地和君士坦丁堡一样耀眼。拉丁殖民者穿戴着和萨拉森人一样的丝绸头巾和斗篷,皮肤黝黑,而女士们

---

① 1 英里=1609.344 米。

则涂着脂粉,以此来遮挡日光。对于来自西方的访客们而言,他们别墅的豪华程度简直堪称罪恶:外有庭院、屋顶花园、喷泉和水井;内有镶嵌画装饰的地板、可供落座的地毯、金银和陶制餐具、镶嵌有象牙和檀香的箱子、下沉式浴池和铺着床单的床。还有一些其他的新奇玩意儿,如肥皂、糖、香料、柠檬、橘子、石榴、柿子等水果,棉花和薄纱等织物,以及来自东方的珍贵药材。显然王后非常享受这一切。

在安条克的十天里,埃莉诺先前遭遇的危险和艰辛都得到了补偿。欧朗提斯河岸的野餐等娱乐活动,还有诸如以雪冰镇的酒和猎鹰捕来的羚羊等美食都令她感到愉悦。而在这里她遇到了很多阿基坦人,这一定使她感到更加快乐;甚至连牧首①也来自利摩日。但埃莉诺的主要消遣是安条克王子本人——她失散多年的叔叔普瓦捷的雷蒙德,当时他还只有四十多岁。

雷蒙德个性鲜明,这从他获得公国的方式就能窥见一斑。1130年,当博希蒙德二世在战斗中被土耳其人杀害时,他野心勃勃的遗孀爱丽丝提出要将她的女儿康丝坦斯(博希蒙德的继承人)嫁给拜占庭皇帝的一个儿子。惊恐的拉丁贵族和安条克的高级教士们向耶路撒冷的富尔克国王求助。富尔克认为,雷蒙德能力出众,又是公爵出身,虽没有土地,但仍将是一个很合适的亲王,于是派秘密使者到英国亨利一世的宫廷找他。为了避免在途中被对安条克亦有所图的西西里国王抓捕,雷蒙德以伪装的身份前往东方,有时扮作小贩,有时扮作一个可怜的朝圣者。当他到达时,他向爱丽丝透露了自己的情况,并立即向她求婚。他的请求被接受了,但是正当爱丽丝准备她的婚礼时,雷蒙德(在拉丁牧首的纵容下)在大教堂里偷偷地娶了九岁的康丝坦斯公主。他如今是名正言顺的安条克亲王,不幸的爱丽丝不得不默默地离开。

雷蒙德巧妙地赢得了一个富饶、荣耀的公国,但是作为领主的他也不断受到土耳其人和希腊人的威胁。他的大部分时间不得不花在危

---

① 东正教的领导者,管理教会事务。

险的战争中或波谲云诡的外交上。然而,他是一个勇敢的、足智多谋的统治者,非常受他的拉丁臣民、希腊臣民和萨拉森臣民的欢迎。

此外,雷蒙德身材高大,长得很帅气,极富个人魅力。斯蒂文·朗西曼①爵士是如此评价他的:"他英俊潇洒,体力充沛,没有受过良好教育,喜欢赌博,有些鲁莽和懒散,但同时又以英勇和行事坦荡而闻名。"他骑着战马驰骋,令马匹在他腿下精疲力尽,他是一位远近闻名的猎人。与威廉九世儿子这一身份相称的是,他喜欢有人给他读诗和编年史。

不幸的是,叔叔和侄女之间立即产生的好感是如此明显,以至于尽管雷蒙德以"行事坦荡"而闻名,实际上却出现了关于他们乱伦的非议。不过我们只从一个四十年后所著的编年史上看到了这个指控。关于王后,还有其他一些不忠的传说:据说她迷恋上了一位萨拉森人奴隶,而他还只是个男孩。甚至还有传言说她和苏丹萨拉丁本人有染。但在当时,萨拉丁只有十三岁,而且可以肯定的是,她根本没见过萨拉丁。尽管如此,不可否认的是,面对像路易七世一样冷淡的基督徒丈夫,埃莉诺是很可能出轨的。但可靠的当代作家,如索尔兹伯里的约翰和坎特伯雷的杰维斯,仍然相信她是无辜的。没有证据表明她和她叔叔有私情,现在也没有严肃的历史学家相信这一点。

不过,不可否认的是,王后对雷蒙德亲王的喜爱,使国王感到很气愤。这一点似乎体现在为法国十字军的目的而产生的分歧上。雷蒙德想要路易七世的人马增援自己,以攻击最危险的萨拉森人据点,特别是阿勒颇这座城市;他甚至希望重新征服并恢复已失去的埃德萨。但是他自己的军队人单力薄,没有外援,很可能会被萨拉森人击败;如果安条克被攻陷,所有海外公国②都将处于危险之中。但是路易七世不打算帮助他,他决定继续到耶路撒冷去,尽管阅历短浅、势单力薄,但他仍然顽固地坚持自己的决定。也许他对雷蒙德的过分自信感到

---

① 英国著名历史学家,对中世纪、拜占庭历史的研究具有较大影响力。
② 指第一次十字军东征时在东方建立的诸国。"海外"(outremer)一词是对这些国家的统称。

不满，后者总是高高在上，而且自命不凡；也许路易七世一直怀疑雷蒙德和希腊人的关系，而现在他已经开始讨厌希腊人了。

埃莉诺被她丈夫的愚蠢激怒了。她在所有人面前热情地支持她叔叔的计划，这几乎是一种公开蔑视国王的行为。路易七世也被激怒了，宣布将即刻离开安条克，而作为王后，埃莉诺必须随他一起走。王后气愤地说国王可以自己去，但她会继续留在安条克，而且她还提出要终止他们的婚姻关系，因为他们之间有血缘关系（他们属于近亲结婚，是不合法的）。某位编年史家说，她曾指责路易七世"一无是处。"

国王的财政大臣，一个名叫迪耶里·加勒朗的圣殿骑士，是个太监，埃莉诺因为嘲笑他的残疾，与他结下了仇。难怪这位大臣不厌其烦地建议路易七世对王后使用武力。因此，第二天半夜，王室军队闯入王后的宫殿，把她强行拖到圣保罗门口，国王正在那里等候她。他们在黎明前偷偷离开了安条克。

路易七世写信给叙热，向他抱怨埃莉诺，但明智的院长回信说："关于王后、你的妻子，我认为你应该收起任何不满，等你返回自己的王国，进一步冷静考虑后再说。"国王似乎接受了这个建议，但这对夫妇之间的裂痕并未真正弥合。

路易七世性格中的弱点，在十字军东征的压力下逐渐展现出来，从他对希腊人的态度中也可以看出。他讨厌希腊人，因为他们没有在安纳托利亚帮助他，他十分荒谬地把他的败绩归咎于曼努埃尔皇帝，人们甚至认为他有点偏执狂的症状。

法国国王和王后终于到达耶路撒冷，在那里路易七世被当作"上帝的天使"受到欢迎。他们先是在圣墓进行祷告，然后，继续前往阿卡，这是这个小王国的第二大城市和主要港口。在这里，他们参加了一个庄严的集会，到会的有年轻的耶路撒冷国王鲍德温三世和他的巴勒斯坦男爵，以及康拉德皇帝和许多德国领主。路易七世被说服加入了一次伟大的、误入歧途的远征——攻打当时还算友好的萨拉森城市大马士革。这次远征以惨败结束，拉丁军队不得不屈辱地撤退，并有许多伤亡。尽管叙热写信求他回国，但路易七世仍坚持在耶路撒冷王国再多待一年。这里的环境很宜人，埃莉诺很喜欢，即使与国王争吵，也不影响她对这里的喜爱。她知道，如果她的丈夫听从她的劝告，与安条克的雷蒙德合作，海外诸国现在将是一片欢腾，而不是对大马士革的溃败唉声叹气。

1149年复活节过后的一段时间，路易七世和埃莉诺终于从阿卡乘船离开了圣地。但当时西西里王国和拜占庭帝国之间发生了战争，王后的船只在伯罗奔尼撒海岸被希腊皇帝的船只捕获。国王的船只逃走了，经过几个星期的艰苦航行后，他在卡拉布里亚的靠岸。他不知道他的妻子是否还活着。他在一封写给叙热的信中对王后生死未卜一事并没有表现出什么情绪。西西里国王罗杰很高兴地告诉他，他的海军已经夺回了埃莉诺的船只，她一直在巴勒莫休养，她会在那里至少再待两个星期。

任何像埃莉诺这样聪明的人都会被这个非凡的西西里宫廷吸引。诺曼国王穿着拜占庭式的紫色长袍，上有金线绣的古阿拉伯字母和奇珍异兽。他在希腊式教堂里按天主教仪式做礼拜，他的妻子则被安顿在后宫。他的军队中有法兰克骑士和萨拉森步兵，他的政府则由诺曼王室总管、拜占庭省长和阿拉伯法官管理。这里豪华奢侈的程度，即使与君士坦丁堡和安条克相比也毫不逊色。埃莉诺此时一定极不愿意在意大利内陆与丈夫团聚。

至于安条克的雷蒙德，他的侄女此后再也没有见过他。大约在1149年6月，当她从阿卡启航的时候，他在与萨拉森人的战斗中牺牲了。他的头颅被放置在银制器皿中，送到了巴格达的哈里发[①]那里。

---

① 伊斯兰教的宗教领袖。

第四章　离婚

也许有人告诉过你著名的瓦斯蒂高地的耻辱……

——拉辛,《以斯帖》

在波斯人和米底人的律例中,当知道瓦实提不再来见亚哈随鲁王,永不更改。王可以将这女子的尊荣赐给比她更好的人。

——《以斯帖记》

路易七世和埃莉诺的婚姻明显已经走到了尽头。十字军东征期间的经历对国王产生了深刻的影响,他试图在宗教中找寻寄托,于是像修士一样剪短头发,剃掉胡子,比以前花费了更多时间在宗教仪式上。埃莉诺对此评论道:"我嫁给了一个修士,而不是一个国王。"他不再和她同床了,由于中世纪基督徒对肉体爱的不信任,他很少与她过夫妻生活(这可能也是她只生了一个孩子的原因)。[①] 后来她嫁给了一个更有男子气概的丈夫,抚育了五个儿子和三个女儿)。与此同时,受够了海上航行的他们,愉快地经由陆路向北穿过意大利,继续回国的旅程。

国王夫妻之间此时的气氛一定是紧张而痛苦的。路易七世感到

---

① 原文为"This is probably the reason why she had borne only one child."但埃莉诺与路易七世育有两个女儿。

很恼火,因为埃莉诺在安条克时,以血缘关系为借口愤怒地向他提出了离婚。还是在香槟战争期间,圣伯纳德也曾质问过国王,既然他和埃莉诺就有禁止结婚的血缘关系,他又有何理由反对韦尔芒杜瓦的拉乌尔和他的妻子的近亲婚姻?教皇最终虽是接受了拉乌尔的请求,宣告他们夫妻之间婚姻关系的无效,但圣伯纳德的质问使内心柔软善良的国王总是感到不安,他一直被内疚折磨着。尽管国王和王后有一些争吵,但他内心仍然爱着埃莉诺,这更加深了他的痛苦。

这对不幸的夫妇于1149年10月9日抵达图斯克鲁姆。这里是教皇因与罗马帝国皇帝之间的激烈冲突,不得已逃离罗马后的教廷所在地。我们从时任教皇秘书索尔兹伯里的约翰的历史记载中可以知道,犹金三世热烈欢迎了他们的到来。路易七世借此机会向教皇坦陈了他对自己婚姻有效性的疑虑,教皇告诉他不要理会他们,忘记血缘这个词;如果有必要,教会可以赦免他们。约翰注意到,国王虽心有忧虑,但还是用一种几乎幼稚的感情爱着埃莉诺。他还观察到,路易七世的一个知己(大概是迪耶里·加勒朗)一直试图挑拨离间,使国王和王后对抗。犹金三世努力使这对夫妇和解。他强迫他们睡在一起,亲自把他们带到一间有华丽丝绸挂饰但只有一张床的客房。这位出身熙笃会的修士,这位严厉的教皇,显然被他们的婚姻困境触动。当国王夫妻离开图斯克鲁姆时,教皇止不住掉眼泪,因为他真诚地为他们和法国祝福。

埃莉诺和路易七世随后去了罗马。犹金教皇派去随行的红衣主教们带国王夫妇去了永恒之城(罗马的别称)。他们骑马翻过阿尔卑斯山,穿过侏罗山,终于在1149年11月到达巴黎。此时,距他们带领十字军离开法国领土已经两年零六个月了。国王夫妻在欧塞尔会见了代为执政的叙热,叙热把一个和平、繁荣的王国重新交还到他们手中。

犹金教皇没能挽救皇室婚姻。叙热对路易七世的影响力比任何人都大,他也尽了最大的努力去拯救国王夫妇之间的婚姻。他认为卡佩王朝统治整个法国是上帝的意愿,他担心离婚会令国王失去对阿基坦的统治。在1150年的夏天,埃莉诺诞下她和路易国王的第二个孩子,仍然不是一位男继承人,而是又一个女儿(即爱丽丝公主,长大后她成为布卢瓦的伯爵夫人)。她的出生对于弥合她父母之间的裂痕没有起到任何帮助。随后,在公元1151年1月,院长叙热辞世。

据一位英国史学家记载,路易七世和埃莉诺回到法国后,夫妻之间的关系每况愈下,他们开始为生活中的一切事务争吵。王后开始明显地干涉国王的生活习惯,她再次抱怨自己是嫁给了一个修士。毫无疑问,此时的路易七世比以往任何时候都更加虔诚。他甚至通过种植他从圣地带回的柏树(其后代至今仍在那里生长)向维特里朝圣。他继续接受那些与王后为敌的人的建议,包括迪耶里·加勒朗。

虽然埃莉诺多有抱怨,但国王当时正忙于封建纠纷,根本无暇顾及他的婚姻。他彼时正与法国最强大的封臣之一——安茹伯爵若弗鲁瓦·金雀花交战。这场战争是由若弗鲁瓦对待索米尔附近蒙特勒伊贝莱的领主里高德·贝莱的态度引起的。里高德是安茹伯爵最难缠的封臣,他经常侵入伯爵的领地。麻烦的是,他也是路易国王在普瓦图的行政官。当国王带领十字军离开法国进行东征时,伯爵开始围攻蒙特勒伊贝莱,战争持续了近三年。路易七世一回来,里高德就向他求助,但直到若弗鲁瓦最终冲进并烧毁蒙特勒伊贝莱,像对待一个普通的重刑犯一样铐住里高德时,国王才介入。他围困了位于诺曼底地区的阿尔克城并劫掠了塞镇,而时任诺曼底公爵的正是安茹伯爵的儿子。他很快就意识到自己面对的对手十分危险且足智多谋。克莱尔沃的圣伯纳德此时介入进来,若弗鲁瓦和路易七世同意让他仲裁。因此,安茹伯爵和他的儿子——亨利·菲茨,带着可怜的被链条束缚的里高德,骑马去了巴黎。

他们于1151年8月到达巴黎。亨利以诺曼底公爵的身份向路易国王致敬,路易七世接受并承认了他的公爵身份,但在里高德的问题上,他们产生了令人不悦的纷争。安茹伯爵之前趁国王参加十字军东征之机,撕毁《神命休战》协议,攻击了里高德,圣伯纳德因此将伯爵开除教籍。他提出,伯爵只要立即释放里高德,就可以被赦免。然而令圣伯纳德感到愤怒的是,伯爵拒绝了,他说如果监禁里高德是一种罪过,他并不需要上帝的原谅。圣伯纳德预言:一个能说出这种亵渎神的话的人必将自食恶果,遭受报应。最后,若弗鲁瓦变得理智了一些,在他的儿子同意交出位于诺曼边界的韦克桑的大部分领地后,双方最终达成和解。

埃莉诺似乎对这两位访客印象深刻。若弗鲁瓦外表英俊(他有两个绰号,一个是"金雀花",另一个就是"帅哥"),就占有的领土面积而言,他的几乎和路易七世的一样大。他娶了玛蒂尔达——神圣罗马帝国皇帝亨利五世的遗孀,也是英格兰国王亨利一世的女儿和继承人。虽然她的堂兄布卢瓦的斯蒂芬篡夺了王位,但她仍有众多支持者,她与若弗鲁瓦之子亨利,来日有很大机会成为英国国王。威尔士的杰拉尔德[①]声称若弗鲁瓦曾和埃莉诺王后通奸,但大多数史学家更同意纽堡的威廉的说法:更吸引王后的是若弗鲁瓦的儿子亨利。用维多利亚时代的传记作者斯特里克兰女士的话来说,"埃莉诺在与这个年轻人的接触中表现出了她一贯的轻浮,令人厌恶"。但是纽堡的威廉认为,王后希望与年轻的公爵结婚是认为他们之间很般配。她认为亨利比她小十一岁的事实无伤大雅,毕竟亨利自己的父亲也比他的母亲玛蒂尔达小十一岁。现在,路易七世的处境越来越艰难了,埃莉诺肯定每天都在盼望结束她的婚姻。事实上,从后来事情的发展来看,她此时很可能已经与亨利达成了某种心照不宣的共识。

然而,在她整个婚姻存续期间,她并未有实质性的越轨之举。她明眸皓齿、光彩照人,那些无端的猜测和指责败坏了她的名声,而她穿着华丽,爱讲情色笑话,这些特点正好"印证了"那些猜测,使人们对她的误解进一步加深。

最终使埃莉诺婚姻破裂的人是圣伯纳德。果然,他对安茹伯爵若弗鲁瓦的诅咒在几天之内就应验了。在返回安茹的路上,天气十分炎热,因此在去卢瓦尔的途中,伯爵下到一条小溪里游泳。当天晚上,他

---

① 12世纪晚期的威尔士著名学者,代表作有《威尔士巡游记》和《威尔士风物志》。

就突然生病发烧,三天后,即9月7日,便因病去世了。大家都认为是圣伯纳德的预言应验了。现在叙热已经死了,圣伯纳德对路易国王的影响自是难以抗拒的。

圣伯纳德是个谜一样的人物。他作为"教会最后的神父"的神圣性不容置疑,他对上帝理念的贯彻在人性化和温和性方面是革命性的,他激励成千上万的人追随他进入有史以来最朴素的宗教生活之中。他可能会对那些不同意他观点的人也出奇地友好,并谴责对犹太人的迫害。而另一方面,他又经常表现得十分冷酷,就像他之前摧毁阿贝拉德一样。他无情地执行他认为的上帝的意志。几乎可以肯定正是圣伯纳德结束了埃莉诺的婚姻。

这位圣徒一直不信任埃莉诺。每个人都清楚国王和王后在个性和生活方式上的巨大差异:国王身边有许多修士陪伴,而王后却轻浮地流连在吟游诗人们中间。这样的女人,对于一个灵魂有待拯救的君主来说,是最不合适的伴侣。此外,对于卡佩王朝来说,路易七世理应有一个儿子作为继承人,这样他就可以被加冕为联合国王,以确保路易七世去世后,他可以顺利地继承王位。像叙热一样,圣伯纳德相信,卡佩王朝的延续和辉煌是上帝的意愿,但与叙热不同的是,他对失去王后的嫁妆没有任何顾虑。不管教皇怎么说,他仍热衷于援引教会法律法规,来废除国王和王后之间的婚姻关系。在中世纪,人们可以方便地通过类似这样的废除文件自由地结束婚姻,所以这种风俗几乎等于是一种默认的离婚制度,而血缘关系则是废除婚姻关系时一个最有力的借口。

假如路易七世抛弃他的妻子,他将不可避免地失去阿基坦。他现在能掌控这片土地全靠他作为埃莉诺配偶的身份,埃莉诺本人深受阿基坦领土上桀骜不驯的贵族们的拥戴,他们甚至可以为她与法国国王对抗。国王本可以通过指控王后通奸来没收她的领地,但王后通奸是叛国重罪,会被判处死刑。可以预见,如果王后被处死,阿基坦是不可能被制服的,必生叛乱。一些历史学家认为,伟大的阿基坦公国使路易七世感受到非常大的压力。法蒂埃教授认为,国王既没有人,也没有钱来统治它,"只有在并不完全忠诚于法国的小封国的支持下,他才能试图在阿基坦维持秩序,而这种勉强地维持迟早会拖垮卡佩王朝的统治",路易七世迟早会发现自己卷入了一场与妻子的封臣们展开的精疲力竭的战争。可以佐证这一观点的是,他对法兰西岛的统治一直充满了困难,他似乎没有从阿基坦那里获得任何有价值的回报。而另一方面,路易七世和阿基坦人自1137年以来一直和平地生活在一起,放弃公国很可能会增加一些迄今为止无法预见的敌对力量——事实也确实如此。这将会是一种前所未有地妨碍卡佩王朝发展的力量。

最后路易七世还是决定取消他和埃莉诺之间的婚姻关系。可想而知他一定经历了漫长而痛苦的内心挣扎,还受到了来自圣伯纳德的强大压力。但最终导致国王下定决心离婚的原因还是因为埃莉诺没能生出男嗣。

这对王室夫妇最后一次合作是在若弗鲁瓦伯爵和他的儿子离开巴黎后开始的。9月,他们开始了漫长的途经阿基坦的旅程,随行的还有一队庄严的主教和男爵,其中包括波尔多大主教和不受欢迎的迪耶里·加勒朗。圣诞节是在利摩日度过的,圣烛节是在圣让当热利度过的。很明显,埃莉诺和路易七世都预计到不久的将来他们会分道扬镳,因为在整个节日庆典过程中,法国行政官和城堡主们的位置都被阿基坦人取代。庆典结束后,他们回到了国王的领地,去往博让西。

在这里召开了一次法国神职人员会议。会议于1152年3月11日在法国桑斯大主教的主持下举行。3月21日,路易国王和埃莉诺王后的婚姻被宣布解除,解除婚姻的理由是他们是第三代表兄妹关系,属于禁止结婚的近亲关系。据说是圣伯纳德极力促成废除他们之间的婚姻关系,但也有一些史学家认为,是教皇犹金试图废除他们的婚姻。捕风捉影的消息显示,王后被指控通奸,但几乎可以肯定,这种指控子虚乌有,离婚程序显然是经过双方事先同意后精心安排的。

在《阿基坦编年史》一书中,17世纪历史学家琼·布歇声称,埃莉诺王后被抛弃了。他描述了她是如何在议会外痛苦地等待着,当她听到判决时崩溃了,昏迷了两个小时,以及当她苏醒后,如何在一次充满激情的演讲中为自己辩护。这个煽情的描述纯粹是作者的臆测。很明显，埃莉诺自身对于离婚已迫不及待，她对解除婚姻关系的判决毫无异议，尽管她将不得不放弃两个女儿的抚养权。

埃莉诺很快离开博让西前往普瓦捷。此时，恢复单身的她又成为一名耀眼的女继承人。在布卢瓦，蒂博伯爵——路易国王在香槟战争中旧敌的儿子——对她的求爱如此执着，以至于她不得不在晚上乘驳船逃跑，沿着卢瓦尔河逃向图尔。她还了解到，十七岁的安茹的若弗鲁瓦——诺曼底公爵亨利的弟弟，正埋伏在皮勒港的克勒兹河渡口等她，他无疑是想强迫她嫁给他。然而，她走了一条人迹罕至的路，终于到了普瓦捷，回到莫贝尔庸塔。

第五章　诺曼底公爵夫人

现在她付出代价了。
我们这些人的苦难,正是由于我们天生伟大,
我们被迫求爱,因为没有人敢求爱。

——韦伯斯特,《马尔菲公爵夫人》

诺曼底公爵夫人,她年轻、富有,拥有显赫的地位和惊人的魄力,喜欢颂扬她的诗歌,喜欢伯纳特的歌声,她把他引为座上宾。他在她的宫廷里住了很久,他们彼此相爱。但是英格兰国王亨利娶了她,把她从诺曼底带走了。

——雷诺德,《民间原创诗歌选》

埃莉诺虽摆脱了一段令她感到不幸和沮丧的婚姻,但她发现自己又陷入了一种更加屈辱的境地,正如她在回家途中所遭遇的那样。这位庄严而专横的女士,作为法国王后,早已经习惯了养尊处优,而现在作为一位未婚的阿基坦公国女继承人,她却面临着被逼婚的境地。在她的父亲去世时,她就一度是每个野心勃勃的财富猎人和强盗男爵眼中的猎物。

唯一可能的出路就是再嫁,嫁给自己选择的男人。英国史学家坎特伯雷的杰维斯认为埃莉诺曾派使节到诺曼底公爵亨利那里,向他抛出橄榄枝。但这可能不太符合实情,真正可能发生的是,她偷偷地回

信给亨利,同意了他也许是去年夏天来巴黎时就提出的建议。她已经召见了封臣们,表面上是为了讨论军事问题,实际上是想立即就婚姻之事征得他们的同意。具有讽刺意味的是,虽然她与诺曼底公爵的血缘关系和她与前夫路易七世的血缘关系一样密切,但这对夫妇没有费心想获得教皇的豁免(尽管在1146年,亨利和埃莉诺女儿之间的拟议婚姻曾因血缘关系而被圣伯纳德否决)。1152年5月18日星期日,也就是在她第一次婚姻被解除的八周后,阿基坦公爵夫人在普瓦捷的圣皮埃尔大教堂与诺曼底公爵成婚。

亨利无疑是除了王后的前夫之外,在法国身份最为尊贵的单身汉。除了诺曼底,他还从父亲那里继承了曼恩、安茹和图赖讷,他也很有可能获得英格兰。正如人们所知道的那样,他要比埃莉诺年轻十一岁——他出生于1133年——但这一事实并没有成为他们婚姻的阻碍。他身强力壮、年富力强,腿脚像优秀的骑手一样矫健。他的头形大而圆,脸呈方形并长满了雀斑,他有一双凸出的蓝灰色眼睛和一头浓密的红色头发以及胡须。他衣着随意、态度直率,毫不矫饰,丝毫没有他母亲臭名昭著的傲慢脾性。他精力充沛,有一点喜怒无常,喜欢不停地骑马,不停地从一个地方奔赴另一个地方。他心情好时,神情愉悦到让见到他的人如沐春风,但喜怒无常的本性令这种愉悦可能随时转变为愤怒。他发怒时往往脸色突然就阴沉下来了,眼睛里充满了血丝,令人惊恐。每当他因为愤怒在地板上翻滚、咆哮、撕咬地垫时,他爆发的情绪令人感到畏惧。他吃得很少,喝得更少,他的主要娱乐是打猎和放鹰捕猎。他的精神和肉体一样精力充沛,而且受过非常好的教育(12世纪的贵族们通常拥有令人惊讶的知识水平:公爵的父亲通过学习韦格蒂乌斯的《兵法简述》学会了各种军事手腕),亨利能流利地读写拉丁文,还有法语和普罗旺斯语。据说他对"从法国海岸到约旦河"的每一种语言都有一定的了解。他常常抱着一本书回到自己的房间。然而,尽管丈夫精力充沛、聪明机智,埃莉诺还没有意识到她嫁给了她那个时代的伟人之一。

无疑,埃莉诺认为,嫁给一个比自己年轻许多的男人,她也许不仅能得到一个可爱的丈夫,而且夫妻间这种年龄差还可能会令她更容易掌控对方。实际上她错了。不过,此时十八岁的公爵和二十九岁的公爵夫人之间的婚姻已经足够幸福了。亨利热忱地爱上了埃莉诺的成熟、美丽和智慧。尽管他精力充沛,情妇众多,但他也确实使埃莉诺生下了她想要的孩子;尽管他更喜欢学者而不是吟游诗人,但他至少与她一起分享过追求知识的快乐。

亨利在娶埃莉诺时冒了很大的政治风险。为了控制阿基坦及在此地区的桀骜不驯的男爵们,他需要付出很大的努力。这可能会使他疲惫不堪,甚至可能会阻碍他赢得英格兰。另一方面,如果她嫁给了别人,那她的丈夫无疑会一直威胁到安茹的安全,因为安茹和普瓦图仅隔着一条卢瓦尔河。尽管如此,亨利从不害怕冒险。

路易七世被这个消息吓坏了。他曾自以为他前妻的任何潜在追求者在娶她之前必会征求他的许可。毕竟,埃莉诺受他监护,亨利是他的封臣,所以他们在法律上有义务征求他的同意。这是路易七世先前一厢情愿做出的天真判断。而此时,他和他的顾问们显然被这消息吓坏了,他们意识到自己犯了一个可怕的政治错误。一位史学家记录了针对埃莉诺的恶意谎言,从中不难看出法国宫廷感到的愤怒,他造谣亨利的父亲若弗鲁瓦·金雀花是埃莉诺的情人,因此禁止他的儿子娶她。院长叙热之前不祥的预感都应验了。不仅卡佩王朝失去了阿基坦,而且公爵夫人还被国王最强大的封臣之一抢夺走。如果亨利之后再获得英格兰,那么他将成为西方基督教世界最强大的统治者。

像以往一样,路易七世反应激烈,却为时已晚。尽管如此,他还是成功地组建了一个看上去似乎很厉害的联盟,想要对付亨利。这些人中包括国王的兄弟德勒伯爵(他的领土与诺曼底接壤),新的香槟伯爵,亨利的弟弟若弗鲁瓦,他们父亲留给他的城堡中有四座已经被亨利夺走了,他加入路易国王一方反抗亨利,以期来日成为安茹伯爵,以及布洛涅伯爵尤斯塔斯,他是斯蒂芬国王的长子和继承人,也是英格兰王位继承人中亨利的主要对手。这几个人都指望从诺曼底公爵的领土上夺走一些东西,此外,他们还打算征服阿基坦,然后瓜分它。亨利在这个时候显得有点天真,他完全没有料到会有这样的风暴。他正忙着在诺曼底海岸集结军队准备入侵英格兰,6月时,他却听说了路易国王正在攻打他的东部边界的消息。他快马加鞭,马不停蹄地往回赶,以至于他的许多人马被拖垮了,但他仍顺利抵达战场,并凶猛地应战路易七世。当法国国王匆忙撤退时,亨利摧毁了德勒,然后继续向南进攻,占领了若弗鲁瓦在蒙索罗的主要据点,俘虏了若弗鲁瓦本人以及他的大部分人马。在与这个令人惊惧的对手鏖战两个月后,路易七世精疲力竭,因发烧而卧病在床,并最终同意长期休战。

亨利和埃莉诺在阿基坦境内继续前进。居民们很快认识到他们的新主人是一个与路易七世截然不同的人。在利摩日,当圣马夏尔修道院的修士以法律上含糊其词的理由拒绝封建税(feudal dues)时,他立即拆除了才刚刚建好的用以保护修道院和城镇的城墙。根据史料记载,当时阿基坦的其他地方没有反叛的现象。

1153年1月,亨利公爵乘船前往英格兰,在多塞特登陆,然后前往布里斯托尔。布里斯托尔一直效忠于玛蒂尔达,那里控制着英格兰西南部的大片地区,而往东,它的势力范围一直延伸到泰晤士河边上的沃灵福德。不久,莱斯特伯爵罗伯特加入了他的行列,后来费勒斯伯爵和斯蒂芬国王的其他前支持者也簇拥在他身边——许多英国领主在诺曼底拥有土地。7月,他解放了英勇忠诚的沃灵福德镇,而他的另一群支持者,在诺福克伯爵休·比高德的领导下,也发动了一场富有成效的反抗运动。斯蒂芬国王勇猛顽强,但能力欠佳。他继续战斗,希望能把他的皇冠留给长子尤斯塔斯。他仍然控制着英格兰的大部分地区。尤斯塔斯个性冷酷而坚定,他一直待在贝里圣埃德蒙兹,在那里掠夺修道院的土地。但是在8月中旬意外发生了,尤斯塔斯伯爵在吃晚餐时被一条鳗鱼呛住了,并因此丧命。斯蒂芬国王伤心极了,不得不在圣诞节的时候在威斯敏斯特正式承认诺曼底公爵是他的继承人。1154年1月在牛津,他让他的男爵们承认亨利为未来的国王,并向亨利致敬。

当亨利不在英格兰时,埃莉诺的主要住所似乎是安茹的首府昂热。那里从古至今皆是一个最令人愉快的城镇,它坐落在风景秀丽的地方,可以俯瞰卢瓦尔河。埃莉诺的住所是一个十分漂亮的建筑,有很坚固的宫殿和城堡。住所的城墙内外都有修道院,甚至还有像奥尔良和沙特尔那里的一些学院。当地的白葡萄酒也早已美名在外。

1153 年 8 月 17 日,埃莉诺生下了她的第一个儿子——威廉王子,沿用了她父亲和祖父的名字。埃莉诺和路易七世结婚后,她时常自娱自乐,虽然她娱乐的方式往往给自己招来麻烦。毫无疑问,出于对马卡布鲁的怀念,公爵夫人为著名的吟游诗人伯尔纳·德·旺塔多恩提供了庇护。尽管他久负盛名,但他并不是一个真正的贵族;他的母亲曾在利穆赞的旺塔多恩家族当过厨房用人。在这个家族中有提倡"欢乐的艺术"的传统,伯尔纳的主人们鼓励伯尔纳发展他非凡的诗歌天赋。可惜的是,年轻人给旺塔多恩家族埃布尔二世的妻子阿莱斯女士的诗句有点太过热情洋溢了。这件事的结局是阿莱斯被监禁,然后被抛弃,伯尔纳则不得不逃走。他很快在埃莉诺这里找到了一个舒适的避难所,当时亨利正在与斯蒂芬国王作战。很快他又对埃莉诺产生了一种过分的热情,他在他最得意的一些诗歌作品中把这种热情公之于众。一位 13 世纪的传记作者说,"他在她的宫廷里待了很长时间,他爱上了她,她也爱上了他"。后来,伯尔纳把自己描述成"像一个没有希望的人",他叹了口气说自己"处于一种无法抑制的爱的状态下,虽然我意识到我简直疯了"。每当他看到公爵夫人,他就理智全无,他"单纯得像个孩子,完全被爱征服"。他告诉埃莉诺,他把埃莉诺称为"我的磁铁","你是我感到快乐的源泉,只要我一息尚存,你的存在就是我快乐的唯一理由"。从普罗旺斯语的角度来看,他的诗歌有一种流畅、清澈的美感,这些特点也一定使公爵夫人和她的宫廷为之着迷。

亨利随后找了个理由要伯尔纳到英国去。一百年后,吟游诗人圣西尔克说,公爵对诗人的存在感到不安,他把诗人从妻子的宫廷里赶走。伯尔纳不喜欢英国,他希望自己是一只燕子,能"穿越惊涛骇浪的海洋",飞回埃莉诺的身边。他后来确实设法回来了,但埃莉诺很快就要去英国了。最后,伯尔纳找到了一位新的赞助人——纳博讷的子爵夫人埃尔蒙加德，并最终以修士的身份去世了。

除了伯尔纳的诗句和后来一些可信度不高的编年史之外，没有其他关于埃莉诺和伯尔纳之间关系的资料，而她的赞助则显示出无可挑剔的文学品味。伯尔纳·德·旺塔多恩被公认为是最伟大的吟游诗人之一。在他的一首诗中，他将自己对埃莉诺的爱比作特里斯坦对伊索尔德的爱，这表明公爵夫人和她的宫廷在较早时候已经对亚瑟王的传奇故事相当熟悉。

亨利公爵于1154年4月从英格兰回来。然后，他和埃莉诺一起去了鲁昂，在那里她第一次见到了她的婆婆玛蒂尔达，她是英格兰国王亨利一世的女儿，是征服者威廉的孙女，也是寡居的德国王后，她自己还差一点儿成为英格兰女王。尽管玛蒂尔达智勇双全，但"英国小姐"的傲慢使相当一部分人反感她，她也因此在激烈的王位继承之争中败北。即使如此，她有时仍爱夸显自己的足智多谋。在1142年的冬天，玛蒂尔达被困在牛津，她单枪匹马顺着城堡的墙壁溜下来，一身素衣，只带了三个扈从，通过城堡下结冰的河流，平静地穿过了斯蒂芬的营地，直到抵达安全地带。现在她把所有的权力都交给了亨利，她乐于充当儿子的助手，给他出谋划策，帮助他治理诺曼底。这位曾经精明强干的女人似乎随着年龄的增长而更成熟，而且我们没有看到任何她与儿媳发生冲突的记录。毫无疑问，她认识到埃莉诺是一个和自己一样聪明的女人。

随后，1154年10月25日，斯蒂芬国王去世，消息于11月初传到鲁昂。糟糕的天气使亨利在外多滞留了一个月。最后，他不顾逆风，怀着愤怒和不耐烦，带着埃莉诺从巴夫勒尔启程前往英格兰。这次航行像她在十字军征战中经历的那次一样环境恶劣，船在浓雾中与舰队失去了联系。但好在经过24小时的风暴袭击后，她和丈夫在南安普敦附近平安靠岸。

第六章　英国王后

她使伟大的恺撒放下利剑,沉溺于温柔乡。

——莎士比亚,《安东尼和克利奥帕特拉》

一个非常聪明的女人,有着最高贵的血统,但个性反复无常。

——坎特伯雷的杰维斯

1154年12月19日,坎特伯雷大主教加冕亨利和埃莉诺为"国王和王后"。在斯蒂芬国王去世到亨利到达英格兰之间的六周时间里,大主教西奥巴尔德将王国管理得井井有条,得到大家的一致称赞。也许是在加冕典礼上,亨利得到了"短斗篷王"这一称号,因为他身着的法国式及腰斗篷,与英国权贵们穿着的传统装束形成一种奇怪的对比。按照惯例,新国王颁布了加冕宪章,但这个宪章并非往常那种用来取悦君主的特许权清单。相反,亨利二世承诺恢复其祖父亨利去世时的土地和律法。

埃莉诺对她的新国家很好奇。虽然她了解巴尔干半岛,了解中东和意大利,并有过在极端炎热和寒冷天气生活的经验,但英国潮湿而多雨多雾的气候仍让她感到不愉快,即使那个时候英格兰夏天的气候比如今的更为温暖。英国人威廉·菲茨斯蒂芬在二十年后写下的一篇文章中,为亨利二世时的伦敦勾勒出了一幅迷人的图景:

在伦敦的东边矗立着巨大而坚固的塔楼,它的城墙和城楼都建在很深的地基上,砂浆里掺着野兽的血。在西边有两座坚固的城堡,城堡之间连接着一堵很高的城墙,城墙上有七个双门,并且在城墙北侧修建着许多塔楼。在南侧曾经也有过类似的城墙和塔楼,但泰晤士河浪涛起伏,在这一侧不停拍击城墙,斗转星移,不断侵蚀,最后使它们坍塌了。在河流上游,西方,皇宫高高地耸立在河流的上方,这座无与伦比的建筑被距其两英里远的外垒环绕着,再往外就是一个人口稠密的郊区了。在那里有13座大教堂和126座小教堂。

显然伦敦的郊区同样赏心悦目:

郊区的人们的住所往往被花园围绕,四处精心种植着树木,四野宽敞而平整。居住区以北是牧场,在那里,水流蜿蜒经过大片芳草地,轻快地转动磨坊车轮,发出悦耳的声响。附近还有一大片森林,树林里生活着许多野生动物,如马鹿、貂鹿、野猪和牛等。

农作物产量丰富,威廉描述了各种各样的食物:"在河边的一家'公共烹饪商店'里每天都售卖各种鱼类、穷人吃的粗肉,以及供富人享用的鹿肉和各种鸟类等精细肉。"他也谈到了学者们丰富的娱乐活动,比如在河上举行的划船比赛等。

对于这些描述,也有人表示怀疑,认为威廉·菲茨斯蒂芬似乎是一个有些自鸣得意的伦敦人,他对他生活的城市的任何缺点都视而不见。实际上,当时埃莉诺所处的伦敦与同时期的巴黎或波尔多相比,逊色多了,但这毕竟是她丈夫的首都,她尽自己最大的努力来适应这里。大量精美的进口商品在某种程度上缓解了王后居住在这里时感受到的不适。聊可慰藉的是,许多伦敦人可以讲他们独特的盎格鲁-诺曼法语来与王后他们交流(这种语言与法语之间的区别可能类似于现在澳大利亚语和英语之间的区别),这使王后感到亲切。很长时间以来，诺曼朝臣嘲讽亨利和他的英国王后为"戈德里克①和戈德吉富②"，因为他们偏爱撒克逊人。这两个民族一直通婚，所以现在语言是地位问题，而不是种族问题。每一个上层和中产阶级英格兰人都会讲法语，这是商业语言，也是宫廷和城堡里使用的语言。

亨利作为国王几乎没有时间去思考他的广袤领土上生活方式之间的差异。在他的前任统治的"十九年漫长的冬天"里，英格兰大部分地区陷入了悲惨的混乱之中。彼得伯勒的修士（他们顽固地继续用盎格鲁-撒克逊语记述他们的历史）记述了一个令人震惊的情形，当时在芬兰，到处都被住在坚不可摧的城堡里的男爵们统治，这些人像强盗一样凶狠：

城堡建成以后，里面住的都是些魔鬼和恶人。他们不分白天黑夜地带走他们认为拥有珍宝的人（无论男女），并监禁他们，用难以形容的酷刑折磨他们以勒索金银。即使是殉道者也没有谁受到过如此残酷的折磨。他们被用绳子拴住拇指或头部，然后整个人被吊起来，脚上还绑着重物。结好的绳子缠在他们的头上，一圈又一圈，直到他们呼吸困难。这些恶魔也会把他们关在满是毒蛇和癞蛤蟆的监狱里，通过这种方式折磨他们致死。

修士们还提到一种用以折磨人的箱子，人和石头被一起塞进箱子里，直到人的肋骨、腿和手臂被石头碾碎。巨大的链子锁在人的脖子和喉咙上，使他既不能躺，也不能坐，更不能睡觉。穷人遭受的痛苦并不亚于富人，"成千上万个穷苦民众"饿死了。此外，"当不幸的人们再也没有更多的东西可供施暴者掠夺时，这些暴徒就会抢劫和烧毁整个村庄。后果是，在这些暴徒统治的区域，一个人可能走上一整天，也找不到任何一个有人居住的村庄或看见有人打理的耕地。玉米、肉、黄

---

① 英文名，意为上帝的权力。
② 英文名，意为上帝的礼物。

油和奶酪都很昂贵,因为在这个国家没有人能生产这些了。许多人死于饥饿;有些曾经的富人,现在只能靠乞讨为生;另一些人则逃离了这个国家。在西部,在北部,在许多中部地区的郡县,在泰晤士河谷和肯特郡,情况都是一样糟糕。事实上,当埃莉诺第一次来到英格兰时,她看到的是一片悲惨的土地,"人们说基督和他的圣徒在这里沉睡了"。

强盗男爵们在他们非法建造的城堡——简单、容易建造的土丘、沟渠和寨子——中逍遥法外,并持续威胁整个地区。在亨利加冕后的两周内,他颁布了一系列命令来处理这个问题。他要求非法城堡必须拆除,雇佣军必须离开。由斯蒂芬国王赠送或被男爵夺取的皇家土地都必须还给亨利。据说他三个月内推倒了一千座城堡,几乎所有雇佣兵都逃离了英国。纽堡的威廉说,这些人是如此恐惧,在如此短的时间内就溜走了,"以至于他们似乎像幽灵一样消失了"。所有人都被这位强硬的统治者吓到了,他无情地加强了他对整个国家的铁腕统治。他在领地内四处跋涉,判决法律诉讼和惩罚罪犯,并把人们重新安置在他们曾经被剥夺的庄园里。几个月后,他恢复了祖父时代的平静和秩序,成为迅速伸张正义的代名词。

这只是亨利计划提高政府效率的开端。他改进了现有机制,建立了新的机构。对皇家财政进行了全面调查,并对财政收入进行了系统性审查;税务征收得更加彻底,并征收了新的税种。大力支持财政官员,并发行了一种新的更纯的银币。亨利还通过实行立法会议制度和增加地方陪审团对普通法的行政管理做出了重大改革。法官定期在各郡巡查,在一年中的特定时间进行司法审判。国王还协调了教会和世俗法庭,以便后者能够处理神职人员犯下的罪行。他加强了在他的领土上各方面的统治,使自己在威斯敏斯特和鲁昂的行政权力得到集中和巩固。

亨利本身就是促使他的各项措施得以执行的最可靠保证。他常年马不停蹄地奔赴各个议会,仿佛是皇家法官,永远在会见各个警长和检查税收的路上。沃尔特·马普深情地写道:"所罗门说,'我所测不透的奇妙有三样,连我所不知道的共有四样,就是鹰在空中飞的道,蛇在磐石上爬的道,船在海中行的道,男与女交合的道。'①我可以补充第五条,英格兰国王走过的道路。"布卢瓦的彼得抱怨亨利总是早早离开宫廷,而且可能随时改变出行计划,以至于王室庞大的扈从经常性地陷入混乱之中("一个活生生人造地狱")。陪同他的朝臣和官员经常在到达目的地时发现,只有国王一个人有住处,他们则不得不拔出剑来为一个"猪都不屑住的"棚子而战。一天晚上,他骑着马在威尔士的山上淋了十六个小时的雨。彼得说,有时国王在一天内所走的路程是正常人极限的五倍:他的平均行进速度可能高达 40 英里。

埃莉诺不得不陪着她的丈夫东奔西走,最好走的路也不过是罗马人留下的一些城市路段,而不好走的路段在冬天或潮湿的天气里就完全变成泥泞不堪的小路。当她能骑马的时候,她一般会骑马前行,但如果她怀孕了(事实上她经常处于怀孕状态),她就不得不忍受坐在笨重的、带皮革顶棚和弹簧的木轮车里前行。好在她身后颠簸的车上,装载着令她感到舒适的东西:家具、床上用品、盘子、桌布和窗帘,甚至是便携式的建造简易教堂的材料。

尽管旅途有诸多不适,但由于王后本人是一个思想开明的人,她由衷钦佩她新伴侣的充沛精力和创新力,钦佩他的果断和不断涌现的新奇想法。没有人比他在个性上与路易七世更加迥异了。埃莉诺经常在亨利缺席的情况下主持公道,在土地和封建税纠纷中仲裁,并主持法院。她还仔细审查了某些税务收据。在整个过程中,她表现出清醒和坚定,事实上还相当独裁。

在王后怀孕的后期,她待在亨利的宫殿里,常常心血来潮地参加盛大的宴会,对她而言,这自然是惬意的——至少对王后和她的周围的贵妇们来说如此。这些宫殿中最重要的是威斯敏斯特、克拉伦登和伍德斯托克。威斯敏斯特是一个行政综合体,是王室政府的中心,设有法院和财政部门。它曾经荒废得无法居住,但国王在 1155 年对它进行了重建和整修。它足够宽敞,有两个大厅和一系列私人公寓。克

---

① 出自亚古珥之箴言。

拉伦登同样令人印象深刻,有一个宏伟的大厅和一个异常宽敞的酒窖。(它在索尔兹伯里附近不断被挖掘而还未完全发掘的遗址是英国历史遗迹中最令人费解的被忽视的遗迹之一)不过尽管有诸如大理石柱子等华丽的建筑元素,它在许多方面仍然显得粗糙,比如地板上铺有芦苇,壁炉的烟雾必须通过百叶窗才能出去,晚上用火把或忽明忽暗的灯芯草蜡烛来照明。

也许只有王后的卧室才有防风镶板,铺有瓷砖的地板和玻璃窗以及丝绸挂饰和来自东方的地毯等陈设。众所周知,她在英国时买过垫子和挂毯。根据财政部卷宗记录,她的公寓里用香油和其他香料照明。她有金、银盘碟,铜器和亚麻桌布。据布卢瓦的彼得说,王室家族当时也不得不食用"半烤面包、酸酒、腐鱼和不新鲜的肉",但埃莉诺和她身边的贵妇们完全不用忍受这些,因为她从拉罗谢尔进口了大量的本地葡萄酒,她的厨师能大量使用胡椒和肉桂。她主持的宴会无疑是轻松愉快的,虽然往往是在未建有专门通风设施的、烟雾弥漫的大厅里举行。

王后认识她那个时代所有伟大的英格兰人。其中包括莱斯特伯爵罗伯特·德·博蒙特、理查德·德·露西等权贵,他们都是斯蒂芬国王的前支持者,现在则已经拥戴亨利。他们也是亨利离开英格兰期间代为执掌朝政的人。休·比高德则一直是新王国的一个隐藏的对手,斯蒂芬的私生子萨里伯爵威廉·瓦雷纳就是从休那里获得了诺福克的统治权。德比伯爵费勒斯和索尔兹伯里伯爵帕特里克也是麻烦人物,这些久经沙场的老顽固常常争执不休,从而很难使王国处于和平。

与亨利和埃莉诺关系更密切的,是那些伟大的教士,这倒并不是因为国王有多么虔诚,而是因为这些教士担任着他的行政长官。这些人之中,最重要的一位是坎特伯雷的大主教西奥巴尔德,他是本笃会的一位修士,也是诺曼底贝克修道院的前院长,连挑剔的圣伯纳德也认同他。他为人和善、和蔼可亲,深受 12 世纪文艺复兴的影响,喜欢与知识分子相处。他的家里供养着许多富有才华的年轻人——四个未来的大主教和六个未来的主教。实际上，他家堪比一个小型大学。西奥巴尔德是坎特伯雷中世纪大主教中的一员，他为人更有趣，从来没有像圣伯纳德那样视王后为敌人。相反，他是一个缔造和平的人，也是她的支持者。

西奥巴尔德的首席顾问是他任命的坎特伯雷的副主教托马斯·贝克特。亨利非常欣赏这个才华横溢的副主教，因此任命他为执事大臣。继任托马斯，成为大主教西奥巴尔德的得力助手的是索尔兹伯里的约翰，他是一位专注的学者，曾在法国的学校学习。他的主要职责是起草呈达罗马的上诉文件，这一职能显然使亨利很快厌弃他。另一位杰出人物是赫里福德主教福里奥，后来他成为伦敦主教。他是一位年事已高的盎格鲁－诺曼贵族，也是一位本笃会修士，曾在勃艮第的克吕尼修道院担任院长。国王信任他，并最终任命他为自己的忏悔者。埃莉诺一定常常见到这些杰出的教士。

尽管亨利二世日常工作很繁重，但他还是尽量抽出时间陪妻子探讨文学。这一点在法国的玛丽（她可能是若弗鲁瓦·金雀花的私生女，在血缘上算是他的妹妹）——多塞特郡的沙夫茨伯里修道院的女院长身上得到证明。玛丽写了《莱》（源于布列塔尼的亚瑟王主题的优雅叙事诗），其中包括特里斯坦和伊索尔德的故事。埃莉诺显然十分欣赏玛丽迷人的诗句，而亨利则以一种异常富有想象力的方式响应了王后。在树林深处的伍德斯托克宫附近，他建造了一座避暑宫殿，灵感恰来自特里斯坦和伊索尔德的故事。在故事中，由于伊索尔德的住所在一个被厚厚的篱笆环绕的果园里，因此特里斯坦把树枝作为信使，扔进一条流经伊索尔德住所的小溪里，以此进行交流。在埃弗斯韦尔，这一故事背景被重新创造，春天，果园和栅栏这些元素都包含其中。在17世纪，约翰·奥布里仍然能够继续重建"罗萨蒙德的避暑宫殿"。因为传统认为避暑宫殿和传说中与之配套的建造精巧的一座塔和一个迷宫是亨利与情妇罗萨蒙德幽会的场所。奥布里时代的一首歌谣告诉我们：

> 最叹为观止的是,
> 宫殿用坚固的石头和木材建造。
> 它有一百五十扇门。

然而,实际上这个建筑很可能是亨利在他们结婚的早期、婚姻幸福的那几年里,为讨好埃莉诺而建造的。

埃莉诺资助的文人远不止玛丽和其他法国吟游诗人。她正式的宫廷朗读者是泽西的韦斯,他借鉴了蒙茅斯的杰佛里所著的《不列颠诸王史》,用盎格鲁-诺曼法语写了一首叙事诗——《布鲁特传奇》,这首诗主要是关于亚瑟王的。因为,由于克雷蒂安·德·特鲁瓦和其他诗人的缘故,歌颂传奇的英国君主激起亨利宫廷的愤怒。一些贵族(虽然不是亨利国王)模仿亚瑟的骑士,在格拉斯顿伯里寻找他的坟墓。国王和王后都十分相信这个传说,并曾亲自前往格拉斯顿伯里;亨利告诉修士们他们应该在哪里挖亚瑟的骨骸。埃莉诺也赞助了克雷蒂安·德·特鲁瓦,他最早的浪漫作品《埃雷克和埃尼德》的创作灵感可能部分来自她的冒险经历。另一位同样类型的作家,伯努瓦·德·圣·莫尔,把他的《特洛伊传奇》献给了富有的国王和王后,他和许多其他被遗忘已久的诗人一样,一定从她的慷慨和鼓励中受益颇多。伯努瓦说"她的仁慈是没有界限的"。

虽然没有直接证据,但人们普遍认为埃莉诺的娱乐活动有众多12世纪舞台表演者参与。除了拉丁语和法语的戏剧演出之外,歌手、舞者、哑剧演员、杂技演员、魔术师和杂耍演员等也都参与到各种演出之中。索尔兹伯里的约翰显然对这些表演者的肤浅和粗俗感到震惊,他抱怨说他们在伦敦所有权贵的房子里演出,他说这种情况堪比巴比伦曾经盛行的娱乐风气。人们难免猜测:皇家宫殿和那些权贵家里的情况一样,都有一些下流低俗的活动。从约翰对埃莉诺和路易七世在意大利时的客观观察来看,即使约翰不吹毛求疵,也不像清教徒一样严苛,他还是认为王后似乎仍然"发扬了"她祖父的轻浮举止,并且从不害怕会震惊神职人员,即使与亨利结婚后也没有改变。

然而,埃莉诺王后并非把所有的时间都花费在娱乐活动上。十三年来,她一直在生孩子。她有五个儿子——威廉(三岁就死了)、亨利、理查、若弗鲁瓦和约翰,她还有三个女儿——玛蒂尔达、埃莉诺和乔安娜。这些孩子当中只有若弗鲁瓦和小女儿乔安娜是在英格兰领土以外出生。三个男孩后来分别成为国王,两个女孩则出嫁他国成为王后。

她再婚后展现出的这种生育能力一定程度上是对路易七世男子气概的打击,但这也使他相信自己先前与埃莉诺的婚姻是被上帝诅咒的。不过,埃莉诺的第二段婚姻实际上也有一些不祥预兆。普瓦图家族被认为是不幸的家族,传说威廉九世的所有后代都受到了隐士的诅咒。此外,安茹家族也不是一个吉祥的家族。亨利的祖先富尔克·耐拉伯爵(绰号为黑伯爵),即使按照11世纪的标准来看,也是一个异常血腥的军阀,特别以掠夺修道院而臭名昭著。他留下了一些不好的传说,其中最糟糕的是,他娶了妖女美露辛①,她是撒旦的女儿,据说她生了伯爵的孩子后就飞回了地狱。因此,亨利的家族被认为是魔鬼的直系后裔。

尽管有血统不良的传说,但埃莉诺无疑对她的孩子们抱有乐观的态度。那位沮丧的妻子正逐渐变成一个占有欲很强的女家长。也许是因为她等这么久才盼来儿子们,使她在这个等待的过程中变成了一位严厉的母亲。她的孩子们也将成为她重获权力的手段,他们长大后会非常爱她,即使有时不那么听她的话。

---

① 欧洲神话中的女妖,上半身像人类,下半身是鱼尾或蛇尾,有时还被描述长着翅膀,经常在水里出没。

第七章　安茹帝国的王后

> 世上最伟大的王子。
> ——理查德·菲茨尼尔评亨利二世,《财政署对话集》

> 但她永远不会来到我怀里,
> 使我的心成为她的臣子。
> ——莎士比亚,《安东尼与克利奥帕特拉》

虽然"安茹帝国"是一个现代术语,但是它也是当时现实的客观反映。诚然,12世纪的基督教世界只承认两个皇帝——君士坦丁堡的希腊巴塞勒斯和罗马的日耳曼国王——而且亨利是法国国王的封臣,法国国王一直保持着名义上的统治权,但就领土、财富和骑士数目而言,英国国王无疑被当代人视为西欧最强大的君主。他的妻子分享了他的尊荣。她重新获得了路易国王抛弃她时失去的显赫地位。1156年圣诞节,她和亨利一起在林肯教堂戴上王冠庆祝节日。1157年圣灵降临节在贝里圣埃德蒙兹教堂也是如此庆祝。1158年的复活节在伍斯特教堂,他们也戴上了王冠庆祝,尽管这对夫妇随后庄严地把他们的王冠放在大教堂的祭坛上,并奇怪地发誓再也不戴了。

另一方面,埃莉诺所拥有的权力比作为路易国王的妻子时要小得多。12世纪的英国王后被公认为王权的分享者。作为王后的埃莉诺有权获得"女王的黄金",这是签发皇家特许状时付给她的一笔特别款项,亨利离开王国后,所有的敕令都会以她的名义发出并加盖她的印章。然而,事实上国王缺席时真正的统治者是法官。亨利二世最新的传记作者沃伦博士指出:"在几段很短的时间里,埃莉诺王后在她丈夫不在的情况下代为摄政,但她似乎只是将自己的签名权给了大臣们,实际的管理事务主要还是由大臣们议定。"此外,亨利亲自统治了阿基坦,这是路易七世从未敢做的事情。他补充说:"她与亨利的政治婚姻很可能既没有给她带来权力,也没有给她带来影响力——她本身是一位女公爵,这些本就是她应得的。"在1167年之前,她不仅要与丈夫的强势性格斗争,而且还要与一个比她更骄傲、更坚强的女人——他的母亲玛蒂尔达皇后斗争。

作为一个现实主义者,埃莉诺很快意识到她永远无法控制这个充满活力的年轻人。毫无疑问,和他同时代的大多数人一样,她发现他既强壮又神秘。埃莉诺这样强势的女人肯定很快就厌倦了被驯服,但即使不满这种现状,她也意识到自己确实遇到了真正的对手。她在隐忍,等待时机。

无论如何,正如人们所知的那样,直到12世纪60年代末,亨利一直让埃莉诺忙于生育孩子。八次怀孕耗尽了她巨大的能量和活力。也许,当第二个幸存的儿子理查长大后,她曾希望恢复自己的政治权力,可以摄政理查继承的阿基坦。但现在这段时间里,她只能用奢华的宫廷生活安慰自己受伤的心。

埃莉诺在与亨利的感情中遭遇的最早的对手并不是一个女人,而是一个男人——大臣托马斯·贝克特,他在国王登基后不久就得到了高级职位。托马斯出生于1118年,是一个伦敦商人的儿子,他最初来自鲁昂;在那些日子里,主要的伦敦商人以男爵排名,较小的商人等同于骑士。在外表上,他高大帅气,有一张苍白的脸和鹰钩鼻子,当他生气或兴奋时,脸色就会陡然变红。他头脑敏捷,观察力敏锐,是个健谈、风趣的人。除了在巴黎学习之外,他还与大主教西奥巴尔德的家庭关系密切,大主教家的知识氛围被比作12世纪的"万灵学院",但他本质上是一个政治家,没有多少知识分子的特质。虽然他虔诚到了秘密禁欲主义的地步,但他显然是一个野心勃勃的职业神职人员,在世俗权力和教会权利之间的潜在斗争中,他被认为是国王的人。

作为坎特伯雷的副主教,托马斯·贝克特担任着主教之下最重要的教会职务。在获得这个职位仅仅几个星期之后,可能是在1154年圣诞节左右,他被任命为英格兰大臣。同时代的人写道,托马斯和国王站在一起,就像法老和约瑟站在一起一样。正如为他立传的最伟大的传记作家所描述的那样:"从诺曼征服①(the Conquest)到沃尔西时代的英国君主制的历史中,他曾担任过八年的英国大臣,取得了几乎是独一无二的成就。除了他以外,没有任何大臣能够如此充分地利用皇室的信任和授权把自己在管理、外交等诸方面的卓越才能展现得如此淋漓尽致。"他甚至组织拆毁强盗贵族的城堡。他成了某种意义上的首席大臣,国王的密友。国王欣赏他的聪明才智和充沛的精力,也欣赏他机智的谈话。他们两人整天待在一起,打猎、放鹰捕猎、下棋,没完没了地讨论国家大事。亨利甚至委托托马斯抚养他的继承人。就托马斯而言,他显然被王室的魔力和宫廷生活的刺激吸引。尽管亨利比他年轻十六岁,国王和大臣两人之间还是建立起了深厚的友谊。

这种兄弟般的感情只能令埃莉诺感到嫉妒和沮丧。我们知道她不喜欢托马斯,尽管没有详细材料证明这一点。正如雷吉娜·佩尔努德所说,"妻子很少热情对待丈夫身边的密友"。此外,这位大臣的家富丽堂皇,非常舒适,几乎赛过王后的宫殿,尤其在埃莉诺娜刚到英国的第一年,当时威斯敏斯特正在重建和整修,而她不得不待在伯蒙德赛。威廉·菲茨斯蒂芬怀念地说:"他吃饭的时候几乎总有各种伯爵和男爵陪伴……他的桌上摆着金银器皿,装饰华丽,有许多美味的菜肴和名贵的酒。"他的记性很好。亨利是这里的常客,经常不请自来。这样的竞争关系很难使托马斯受到王后的喜爱。最重要的是,他夺取了她想要的权力——篡夺了她在王国中作为二号人物的位置。事实

---

① 此处应指1066年,以诺曼底公爵威廉为首的法国封建主入侵英国,并占领英国,由此开启了诺曼王朝对英国的统治。诺曼征服是英格兰历史上新旧时代的转折点。

上,托马斯·贝克特的影响力远远超过了叙热的影响力。然而,埃莉诺似乎太精明了,对他没有表现出任何公开的敌意。

史学家明显避开了王后失势的话题。在亨利死前,几乎没有任何关于她的有价值的记载,她被描述为"一个富有传奇和浪漫色彩的人物,但不是影响历史进程的人物"。事实上,在她1173年和她丈夫吵架之前,我们没有任何关于她和丈夫关系的书面证据。尽管如此,我们从史书上知道,她花了大量时间和他待在一起,他们共同主持宫廷,她还陪他巩固和发展王权。我们也知道,在法国时,她和他待在一起。像亨利这样明智而现实的政治家,在与路易国王打交道和治理阿基坦时,不可能没有向她征求意见,她的知识和经验肯定是无比珍贵的。

亨利二世登基后,1156年的秋天,这对王室夫妇才第一次相聚在法国,当时埃莉诺在波尔多与亨利二世穿越阿基坦的军队汇合,他们在波尔多举行了宫廷会议。此后,她不断地穿越英吉利海峡,尽管这种航行常常要持续好几天,充满危险和不适。

与此同时,她的前夫也再婚了。路易国王新的新娘是西班牙公主,卡斯蒂利亚的康丝坦斯。讽刺的是,康丝坦斯在她短暂的婚姻中又给路易七世生了两个女儿,还是没能生下儿子。法国国王和英国国王现在都有和平共处之意。因此,托马斯·贝克特于1158年夏天亲率一队出色的大使前往巴黎。使团前面有250名步兵,200名骑士和乡绅护卫,他们带着猎犬、獒犬和猎鹰,并带来了一列马队和八辆巨大的马车,这些马车每辆都配备了五匹马,其中载有金银盘和大量锦衣华服以及丝绸挂饰,作为礼物。(还有两辆车,里面装的似乎是棕色啤酒,据说比任何法国酒都好喝)。敬畏的法国人评论说:"如果英国国王的大臣出行时排场都这么大,那么英国国王一定是个更了不起的人物。"亨利二世本人于9月抵达巴黎,埃莉诺没有陪同。他的儿子兼继承人亨利和他的新婚妻子——法国国王再婚后生下的大女儿玛格丽特——的婚礼被安排在这段时间举行。嫁妆是韦克桑,诺曼边境地区。1152年金雀花王朝在那里被迫向法国国王投降。此外,路易七世正式允许亨利二世重新征服被布列塔尼公爵占领的南特郡。后来亨利二世带着路易七世穿过诺曼底取得了进展,在此期间,法国国王表达了他对亨利二世的深厚感情。

这桩婚姻对埃莉诺来说是一场特别的胜利。她毕竟生下了一个儿子,如果她和路易七世生下的两个女儿不能成为王位继承人的话,这个儿子早晚也会成为法国国王的。玛格丽特公主将在英国长大,尽管她的父亲规定她永远不能由埃莉诺监护。

到目前为止,亨利二世已经取得了一次又一次成功。他征服了英格兰,带来了和平,似乎还安抚了威尔士人。他获得了布列塔尼的控制权,并确保韦克桑最终会回归金雀花王朝。他在法国的领地,包括阿基坦,都令人欣慰地归属于他。他的野心越来越大,他想占据更多的领土。

就像他之前的威廉十世和威廉九世一样,亨利二世觊觎着富饶的图卢兹。它被法国中部山区切断,从而与卡佩王朝的大部分领土隔开。它曾经是阿基坦领土的一部分,战略位置非常重要,连接着阿基坦公国和地中海的水路以及通往罗马的陆路,这些都是重要的贸易路线,对阿基坦的繁荣至关重要。拥有图卢兹将成就一个完整的安茹帝国,没有它,安茹帝国势必失去战略上的稳固。埃莉诺很可能鼓励亨利二世维护她从祖母那里继承图卢兹的权利,亨利二世本身也一定知道这个权利非常有用。现在的图卢兹伯爵雷蒙德五世软弱无能,与他的封臣们不和,其中包括令人敬畏的巴塞罗那伯爵,他的妻子是阿拉贡女王。雷蒙德五世和他的伯爵夫人——法国的康丝坦斯关系也不睦,而康丝坦斯是路易七世的妹妹。1159 年 6 月,亨利二世与法国国王接触,以获得他对图卢兹作战的许可。令他意外的是,经过三天的讨论,路易七世拒绝了;但亨利二世忽视了这一阻碍,在月底率领一支庞大的军队出发征战,这支军队自 3 月以来一直在普瓦捷集结。军队的规模如此庞大,大到足以进行一场十字军东征。英格兰、诺曼底和阿基坦的领主包括苏格兰国王(马尔科姆四世)、布列塔尼公爵,甚至是威尔士王子,以及巴塞罗那伯爵和雷蒙德五世的许多封臣都参加了。这么大的"战利品"当然"需要"一支伟大的军队来俘获。然而,英国国王——一位参加过许多战役,富有作战经验的战士——不喜欢流血事件,也不喜欢战争;他并不是一个出色的战略家。

尽管如此,亨利二世还是围攻并占领了卡奥尔这座美丽的城镇,越过了富庶的小县城凯尔西,并在7月初围攻了图卢兹。他似乎并非意在占领这座城市或推翻雷蒙德伯爵,而只是想让雷蒙德五世臣服于自己的统治。路易国王此时突然介入,并展现出了意想不到的政治家才能。首先,他拜访了亨利二世进行调解。他发现英国国王很固执,于是就在图卢兹安顿下来,并接管了防御事务。亨利二世很困惑,尽管托马斯·贝克特敦促他攻击他的领主,但他并不想这样做。因为这样做无疑意味着打破他的封建誓言,除了名声不光彩外,他还会给他自己的封臣们树立一个危险的示范。此外,尽管法国国王缺乏物质资源,但在整个法国享有道德威望,轻视他是不明智的。此外,亨利二世对路易七世有一种奇特的感情:正如一位杰出的历史学家所观察到的,亨利二世在娶了埃莉诺之后,"与她曾经的丈夫斗智斗勇,亦敌亦友,这是中世纪欧洲最引人注目的政治与爱恨相互交织的关系之一"。尽管亨利二世不敢贸然发动攻击,但他仍然继续增兵图卢兹。但最后,在9月,他带领庞大的军队离去,一无所获。此后,他再也无力进行这样的远征了,他永远失去了获得图卢兹的希望。他前往诺曼底,驱逐路易七世的哥哥率领的侵略军,随后双方进行谈判达成了休战。

图卢兹的败绩打破了亨利二世几年来常胜不败的记录。自此以后,他必须不断地战斗,以勉力维持他的帝国,尽管他已取得相当大的成功。然而,对于阿基坦的埃莉诺来说,最终失去图卢兹肯定是一个更为痛苦的打击,这意味着她父亲和祖父梦想的破灭。一个她必须清楚认识到的、令人不快的事实是:没有图卢兹的阿基坦,将永远是脆弱的。王后从未经历过这般愚弄和失败,强势如她,绝不会甘愿受苦,她很可能责怪过亨利二世不敢攻击路易七世。

不过,她的儿子仍然有可能成为法国国王,这是比拥有图卢兹更大的奖赏。1160年11月2日,在鲁昂,五岁的亨利和五岁的玛格丽特在教皇使节的安排下结婚。因此,英国国王立即获得了韦克桑及其堡全的所有权,这使路易七世大为恼火。亨利国王无疑感到不安。路易七世的第二任妻子在1160年去世,他立刻娶了第三任新娘,香槟伯爵的妹妹。然而,眼下她仍然没有孩子。

直到1163年初,亨利二世继续专注于处理与法国有关的事务,埃莉诺大部分时间都待在他身边。1161年,他们在巴约一起过圣诞节,在这一年里,王后在法莱斯生下了另一个女儿,也取名为埃莉诺。王后在英国也取得了相当的影响力,她在那里代为摄政。亨利二世回来后,为了镇压南威尔士人的起义,把德赫巴斯的里斯王子从他的山窝里拖了出来。1163年7月,所有威尔士王子都在伍德斯托克向英格兰国王致敬,承认他是他们的霸主,苏格兰国王马尔科姆在英格兰的土地也是如此,但威尔士人仍未被征服。亨利二世于1165年率军远征威尔士,但这是一次灾难性的失败,多亏边境上坚固的城堡阻止了威尔士王子们深入英格兰。

除了威尔士人外,还有其他问题困扰着亨利二世。大约在这个时候,他卷入了与教会之间的斗争。他决意坚持自己在处理世俗问题上的权力,特别是处理犯罪的神职人员的权力,因为他们常常通过特殊的教会法庭("基督教法庭")的审判来逃避全部的民事惩罚。由于沿袭了盎格鲁-撒克逊君主制的非典型局面,英国的教会和国家的关系远比欧洲大陆国家的更为密切,世俗事务和牧师行政机制复杂地交织在一起。随着新安茹帝国君主制的强大和权力的集中,以及12世纪的天主教精神和文艺复兴,世俗政权和神权的冲突不可避免。

具有讽刺意味的是,亨利二世在1162年让他的大臣担任坎特伯雷大主教,这使托马斯·贝克特从国王的人转而变成了教会权利的狂热拥护者。1163年,亨利二世被告知,自从他登上王位以来,神职人员犯下了一百多起过失杀人罪。国王对托马斯在这种情况下的宽大处理感到愤怒。当伍斯特的一位牧师勾引一个女孩,然后谋杀了她愤怒的父亲时,大主教给他打上了烙印(这是一项在法庭上迄今未公开的判决),这违背了他自己的主张,即不应残害任何神职人员。贝德福德的一位牧师杀死了一位骑士,托马斯只是驱逐了他。总的来说,在专业层面，大主教可能有他自己的理由和依据，然而，这仍是一个非常微妙的问题。但他表现出的非凡才智和毅力，使教会和国家之间的斗争变成了大主教和国王之间的私人斗争。亨利二世试图压制托马斯，使其屈服，并使他接受英国教会的新法律法典——克拉伦敦法典，该法典禁止上诉罗马。大主教采取了与教会法一致的最坚定的立场，"基督教王子应该服从教会的命令，而不是偏重自己的权威"。1164年10月，托马斯和国王在北安普敦会面，在那里他们差点打起来。大主教趁夜逃走，乘坐一艘小船穿过英吉利海峡，逃往路易国王的领地避难。他在那里一直待到1170年，他的派系与亨利二世的高级主教们仍在无休止地争吵，各方都在向教皇发出呼吁。

埃莉诺不喜欢托马斯·贝克特。事实上，普瓦捷主教在1165年给托马斯·贝克特的一封信里告诉他，让他不要寄希望于从王后方面得到帮助。她曾经试图抑制亨利二世的愤怒，但她几乎没有参与这场斗争。可想而知，她丈夫和大主教之间的复杂关系惹恼了一个如此精明的女人；如果是她自己处理这种关系，局面可能会完全不同。

除了与托马斯·贝克特的斗争，亨利二世完美地控制着英国。他甚至设法使威尔士人屈服了。在法国，他的地位也保持得很好。他从路易国王那里得到的布列塔尼的隐性霸主地位给他带来了特别丰厚的回报。1165年，在布列塔尼公爵柯南四世反抗后，亨利二世废黜了公爵，柯南的女儿康丝坦斯被许配给亨利二世的第三个儿子——七岁的若弗鲁瓦；亨利二世随后以若弗鲁瓦的名义占有了布列塔尼，其男爵们向他致敬。当1167年与路易七世的战争再次爆发时，亨利二世一马当先。

然而，金雀花王朝的野心受到了沉重的打击。1165年8月22日，路易七世的第三任妻子给他诞下了一个男性继承人，即未来的国王腓力二世奥古斯都，路易七世为他的到来祈祷了这么久，终于实现了愿望。当时，威尔士的杰拉尔德是在巴黎求学的一名年轻学生，后来他回忆这个继承人的出生是如何受到巴黎人的欢迎的，他说"人们充满无法言说的喜悦"，以及"在整个城市里，有如此嘈杂、叮当作响的钟声和数不清的为祈福而燃烧的蜡烛"。一位老妇人告诉杰拉尔德:"有一天,这孩子会给英国国王带来灾难。"她仿佛在公开地说:"今晚,我们生了一个男孩儿,在上帝的祝福下,他一定会成为你们国王的死敌。"她说得无比真诚。腓力二世确实将会摧毁安茹帝国。他的出生本身就使埃莉诺痛苦失望,这是一个持续了近三十年的梦想的终结。现在她的任何一个儿子都不再有机会成为法国国王。

第八章　普瓦捷宫廷

> 爱统治着宫廷。
>
> ——沃尔特·司各特爵士,《最后一个吟游诗人的歌》

> 没有任何东西,
> 能比来自远方的爱更令我心中感到愉悦。
>
> ——若弗雷·吕德尔

1167年的平安夜,在牛津,埃莉诺生下了她的最后一个孩子——未来的约翰国王。也许她并没有意识到她的生产到此结束了;如果她意识到了,她会感到很高兴。现在她恢复了全部的精力,她那强健的体质也没有受到损害。似乎她和亨利二世再也没有同房过了。因为各种原因,约翰的出生标志着他们婚姻的名存实亡。

亨利二世是个性欲旺盛的人。他在结婚前至少有两个私生子:一个是威廉·"长剑",他成了索尔兹伯里的伯爵;另一个是若弗鲁瓦·"金雀花"(他是一个普通妓女生的),亨利二世试图让他成为林肯的主教,后来却成了他的内阁大臣,并最终成为约克的大主教。财政记录里的一些条款似乎指向他的另一个情妇,"做了衣服、头巾、外衣,两条六股丝锦缎披肩的镶边,以及皇后和贝拉的衣服"。遗憾的是,关于这个名叫"贝拉"的美人,我们一无所知。在16世纪60年代,一个反叛的布列塔尼封臣尤多·德·波霍特提出了一项恶毒的指控,称国王在其女儿作为人质时诱奸了她。后来亨利二世还和他的一个准儿媳生了一个孩子，显然他在满足自己的欲望方面相当肆意妄为。纽堡的威廉说国王直到王后过了生育年龄才开始对她不忠，但这句话不能让人信服。

亨利二世很可能在1167年之前就开始与罗萨蒙德保持长期情人关系。但与其他情妇不同，她不仅是国王的一个性伴侣，而且是王后真正的对手。人们认为，正是这件事使埃莉诺密谋反对亨利二世。然而，她对这件事可能并没有那么不高兴，毕竟这使她可以随心所欲地搞阴谋诡计。埃莉诺要策划一个庞大而复杂的阴谋，这需要多年细致而秘密的筹谋。

威尔士边境骑士沃尔特·德·克利福德曾在亨利二世征服威尔士人的战争中服役。美丽的罗萨蒙德是沃尔特的女儿，有人说，国王可能是在1165年的威尔士战役中第一次见到她。我们对她知之甚少，只知她年轻漂亮。据威尔士的杰拉尔德说，一些同时代的人用她的名字做了一出戏，称她为"世界玫瑰"；倨傲的杰拉尔德更喜欢叫她"淫荡的玫瑰"。关于她美貌的传说一直流传至今，就像17世纪的歌谣所唱的那样：

　　她那卷曲如金线的头发，
　　　　在男人们眼前显现；
　　　　她闪亮的眼睛，
　　　　像东方的珍珠，
　　　投下了天国的光芒。

　　她水晶般的脸颊里透出的血色，
　　　　使人心襟荡漾，
　　　　就像百合和玫瑰，
　　　为主人的地位所配。

传说还将她与伍德斯托克的宫殿联系在一起。杰拉尔德告诉我们，亨利二世在公开罗萨蒙德的情妇身份之前，一直秘密地和她通奸，这大概是在他和埃莉诺最后一次分手之后的事情。

16世纪，迈克尔·德雷顿描写过罗萨蒙德在伍德斯托克迷宫般的隐秘住所，并说，"无论女王何时侵袭她的住所，她都能轻易地避开危险。"（这可能是说原本为埃莉诺建造的埃弗斯韦尔的凉亭和花园。）关于罗萨蒙德之死，最生动的传说是愤怒的王后最终潜入入罗萨蒙德的藏身之处，并逼她在匕首和一杯毒酒之间做出选择（另一种说法是王后让人在她沐浴时行刺，令她最终在浴缸里失血过多而死）。但这些都是谣传，事实上，埃莉诺从未见过她。

研究埃莉诺的最大权威学者埃德蒙德·雷内·拉班德指出，相比谋杀美人罗萨蒙德，她选择更有作为的方式——煽动普瓦图叛乱，来报复丈夫。他还强调，叛乱计划构思巧妙，是王后花了很长时间谋划才取得的成果。事实上，埃莉诺对找罗萨蒙德复仇几乎没有兴趣，从她意识到亨利二世不会和她分享权力之日起，她就下定决心要反抗。她曾被当作一位伟大的统治者培养，而现在亨利二世和路易七世一样，剥夺了她的权位。

没有证据表明亨利二世曾怀疑他的王后对他有不忠。人们只能得出这样的结论：国王不理解他的妻子，也不能理解女人也可能贪图权力。本应使他警醒的人——玛蒂尔达王后，也于1167年去世。她的墓志铭是"亨利的女儿、妻子和母亲就在这里——她出生时很伟大，婚姻也伟大，作为母亲更伟大"。她的例子应该足以警醒亨利二世，使他明白女人也会对权力产生野心，但埃莉诺显然是一个更善于掩饰的高手。

因为国王和罗萨蒙德的私情，他急于让埃莉诺远离英格兰。同时，他和她在阿基坦的封臣们发生了矛盾，他认为她住在这些封臣中间也许能起到威慑的作用。因此，在1168年初，他允许埃莉诺去普瓦图执政，住在莫贝尔庸塔中。在她不得不返回英国之前，她在此度过了五年幸福的时光。她又回到了和路易七世离婚时一样的状态，不同的是亨利七世还保留了她的后位。

就像1153年埃莉诺去普瓦捷的旅程一样,这也是一次充满危险的旅行。昂古莱姆、拉马什和吕西尼昂的伯爵以及吕西尼昂的兄弟(其中两个后来将戴上耶路撒冷的王冠)都在造反。亨利二世冲进了吕西尼昂的城堡,并在向北作战之前,把埃莉诺安置在这个危险的避难所里。为了保护她,他把索尔兹伯里伯爵帕特里克,这位在与斯蒂芬国王的战争中经验丰富的战士,留在了阿基坦。一天,王后和帕特里克在外面骑马,突然遭到吕西尼昂人伏击。伯爵把埃莉诺安全地送回了城堡,但在准备进攻时,他被叛徒刺伤。他的侄子威廉,一个不知名的年轻骑士,就像一头"饥饿的狮子",单枪匹马地向吕西尼昂军队发起进攻,结果身负重伤并被俘虏。抓住他的人拒绝给他包扎伤口,任由他自生自灭。王后听说了他的困境,把他赎了出来,奖励他金钱、盔甲、马匹和华丽的衣服——对一个贫穷的年轻人来说,这是一次大运气。埃莉诺对他的赞助是很有眼力的。威廉日后将成为英格兰的元帅,成为那个时代最伟大的战士,并为她的孙子保住王位。

埃莉诺重新回到了莫贝尔庸,开始了她生命中一段最愉快的时光。她终于恢复了某种程度的自由。就在这时,公爵的宫殿里又新盖了一座宏伟而美丽的大厅。它至今还在——现在是普瓦捷审判庭,还有其他几座她一定也很熟悉的建筑,比如罗马风格的宏伟教堂,有着气派外观的普瓦捷圣母大教堂。普瓦捷埃本身坐落在悬崖上,由巨大的城墙保卫,是一座安全而辉煌的城市。王后的宫廷里到处都是诗人,包括高塞尔姆·费迪特、里高特·德·巴贝齐厄、贝特朗·德·博尔恩①和她的故旧伯尔纳·德·旺塔多恩等吟游诗人,以及来自北方的诗人,如克雷蒂安·德·特鲁瓦。有人认为,法国的玛丽也从英国来到了普瓦捷。在这里经常举办各类比赛、戏剧表演和盛宴,还有埃莉诺亲自主持的那些浪漫的诗歌比赛,后来普瓦捷的宫廷被描述为爱情宫廷。

有时王后的长女,香槟的玛丽会代替母亲主持比赛,她和母亲在

---

① 法国吟游诗人,利穆赞男爵,博尔恩最擅长创作战争与政治诗歌。

某种程度上有着相同的品味。玛丽是亚瑟王的狂热追随者,她自己也是一位重要的文学赞助人;吟游诗人里高德称她为"快乐的伯爵夫人"和"香槟之光"。她鼓励克雷蒂安·德·特鲁瓦写他的《兰斯洛特》,在这篇作品中,伟大的骑士克服了一切危险,赢得了桂妮薇儿王后的心,并忍受了她的各种羞辱。其实这些羞辱是用来考验他的。

普瓦捷宫廷的主要娱乐活动当然是吟游诗人的"欢乐艺术"。理解这种活动对了解当时的人际交往意义重大。吟游诗人对贵族夫人的过分忠诚超出了他的能力范围——他的"爱的服务"——与封臣对领主的忠诚有某种相似之处。吟游诗人的求爱仪式分为四个阶段:第一个阶段是积极追求阶段;第二阶段是恳求阶段;第三阶段是契约阶段(即追求者被贵夫人接受、承认);第四阶段是成为公认的情人。当吟游诗人达到追求的最后阶段时,他会用誓言展现他的忠诚,而那位被追求的女士则用吻来证明她接受了他。然后他会写一些关于他心爱的人的诗歌,在诗歌中她的身份是用假名保密的,他歌颂她如此完美,她的美丽照亮了夜晚,治愈了病人,使悲伤的人快乐,并使人甘心拜倒在她的石榴裙下。他抱怨说,和她分离意味着死亡,他对她的爱已经彻底改变了他。他还威胁说,如果得不到她的爱,他将寝食难安,很快就会在痛苦之中死去。从理论上讲,这是一种纯粹的柏拉图式的关系。

除了吟游诗人所仰慕的夫人之外,"爱情法庭"也是这些诗人的听众。吟游诗人这种求爱活动本质上是一种宫廷游戏,其最明显的表现形式是论争诗,一种由两部分组成的诗歌:一个吟游诗人会唱一节关于他的爱人遇到的问题,然后另一个吟游诗人会唱第二节表达他的意见,然后重复表演。通常情况下,双方都无法做出决定,然后他们会同意接受某位伟大女士的评判。

19世纪的文学家和历史学家被"爱情法庭"这个短语误导了,他们错误地把它想象成封建法庭。然而,他们的错误是可以理解的,因为留存下来的证据太少了。仅有的证据来自安德烈·勒·查佩兰,但并不可靠。他在13世纪写作,当时吟游诗人和爱情法庭的时代早已结束。另一个证据来源更加不可靠,是 16 世纪的作家诺查达莫斯(著名占星家的兄弟),他假装从一个虚构的"金岛修士"的手稿中得到的信息。但是诺查达莫斯确实曾接触过许多真正的普罗旺斯语手稿,不过这些手稿后来都遗失了。此外,如果被歪曲的话,安德烈·勒·查佩兰在他那本关于爱的奇怪专著中所讲的大部分内容显然相当接近事实。他声称,他描述了吟游诗人恋爱的正式准则,据说这源于亚瑟王时代的骑士。基于奥维德,但带有更露骨的情色色彩,这让罗马诗人神魂颠倒:骑士不是引诱者,而是女人的奴隶;女人不再是男人的财产,男人变成了女人的财产。安德烈提到了爱情法庭给出的一些判决——反对一位给她的情人设定了太苛刻的任务的女士,并且怀疑真正意义上的爱情是否能存在于夫妻之间。毫无疑问,他的著作确实保留了埃莉诺和她女儿的宫廷中一些奇怪和神秘的气氛。

埃莉诺本人仍然是许多吟游诗人的歌颂对象。海伦·沃德尔引用了"一个德国学生的作品,他被阿基坦的埃莉诺的一瞥困扰,也许就像贝特朗·德·博尔恩一样,成为她的奴隶",他唱道:

世界都是我的,

从大海到莱茵河,

我愿意付出一切,

如果英国王后能躺在我的怀里。

无论多么真诚,这位天真的吟游诗人,都无法像爱情的俘虏贝特朗·德·博尔恩那样令人印象深刻,他仍活在 12 世纪 60 年代自己二十几岁的时光里。当他不再温柔,不再叹息着轻轻弹奏他的鲁特琴,他就是一个嗜血的强盗男爵,他把自己的兄弟赶出了多尔多涅的阿尔塔福特家族城堡。他只有在写诗或打仗的时候才高兴。后来,他成了王后长子亨利的知心朋友,并被一些人认为是导致亨利叛变的元凶。事实上,但丁因此把他丢进了地狱:

贝特朗·德·博尔恩

众所周知，你怂恿年轻的国王叛变，

使父子敌对。

贝特朗对埃莉诺的爱慕可能是使他反叛的原因。在埃莉诺王后打造的普瓦捷这个梦幻宫廷里的侍臣们穿着奇异又合体的服装。当代史学家杰弗里·维格告诉我们："他们的服装材料丰富而稀有，颜色与他们的心情相匹配。年轻人留着长头发，穿着尖脚鞋子。"杰弗里还补充说，人们可能会把女士们误认为是蛇，因为他们身后拖着非常长的拖尾。作为和平街的前身，埃莉诺治下的普瓦捷一派和平景象。安德烈·勒·查佩兰列举了一些当时时兴送给女士的礼物：精美的手绢、金环或银环、胸针、小镜框、钱包、腰带、梳子、袖子、手套、戒指、匣子等用于梳妆打扮的东西。

香槟的玛丽并不是唯一一位支持埃莉诺普瓦捷宫廷的伟大女性。还有前夫路易七世和王后生的另一个女儿，布卢瓦的爱丽丝，以及她的侄女——佛兰德伯爵夫人，和纳博讷子爵夫人埃尔蒙加德。这确实是一个最庄严的宫廷，国王们也适时来此拜访。仅在1172年6月，埃莉诺就接待了阿拉贡的阿方索二世，又接待了纳瓦拉的桑乔六世——尽管她要为此大费周折地把她的朝臣带到利摩日去迎接他们。

王后也不时见到自己的丈夫。1170年，她和亨利在巴约附近的比尔度过圣诞节，1172年他们在图赖讷的希农过圣诞节。他仍然坚持保持对阿基坦的最终控制。众所周知，亨利曾于1170年和1173年初访问过阿基坦公国，亲自管理和主持判决，就像他是公爵一样。人们猜测埃莉诺可能为此感到愤怒：即使在她自己的土地上，她也没有享受真正的权力。但国王似乎没有注意到她的不满，要么是他根本选择了忽视，更有可能是他妻子很好地掩饰了自己的愤怒。因为，她暗中收买了阿基坦和普瓦图的领主，确保他们首先效忠的是自己而非英格兰国王。

第九章　埃莉诺的儿子们

他们从魔鬼那里来，到魔鬼那里去。

——圣伯纳德

她善于操控男人们的心。

——莎士比亚，《安东尼和克利奥帕特拉》

1169年1月，亨利二世和路易七世在曼恩的蒙米赖会面，希望通过谈判达成持久的和平解决方案。两年来，这两位国王都卷入了一场毫无意义的战争，这场战争代价高昂且极具破坏性，对双方都没有任何好处。路易七世也尝试在亨利二世和托马斯·贝克特之间进行调解，但二者都无法妥协。然而，这场谈判最主要的任务还是确保路易七世同意亨利二世的王朝继承计划，将安茹帝国分配给他的儿子们，并确保地方贵族承认他的儿子们的继承权。这一计划将有助于英国国王平息叛乱的封臣，最近那些在他法国领土上的封臣们都不安分，处理起来很棘手。路易七世欣然同意，他自然非常乐意看到近邻的强大帝国在未来被分裂。当然，他们没有征求埃莉诺的意见。但她一定是在蒙米赖看到了推翻她丈夫、重新获得完整权力的机会。

金雀花王朝的长子亨利将拥有英格兰、诺曼底、曼恩和安茹（他父亲自己的遗产）以及布列塔尼的统治权。为了确保他无可争议的继承权，卡佩王朝的习俗是在他父亲尚在世时即为十五岁的儿子加冕国王。加冕仪式于1170年5月24日在威斯敏斯特教堂举行,由约克大主教(托马斯·贝克特拒绝了返回英格兰主持典礼的邀请)主持。加冕时所戴的王冠由伦敦金匠威廉·凯德制作,耗资38英镑6便士,这是一笔巨大的款项。他的妻子玛格丽特——路易七世的女儿——没有和他一起加冕,这是一种不合常理且非常无礼的疏忽。在加冕宴会上,日后人们眼中的"老国王",侍候着年轻的新国王。约克大主教奉承地说:"世界上没有哪个王子受过国王的侍奉。"年轻人则回答道:"一个伯爵的儿子侍奉一个国王的儿子没有哪里不合适。"从年轻国王的回答中我们能看出,他为人既自负又忘恩负义。从现在起他有了自己的王室,当代作家称他为"亨利三世",这说明他们都很认真地对待他的王位。据说埃莉诺对她儿子的晋升感到很高兴。很明显,她和年轻的国王之间有着深厚的感情,年轻的国王有时也会带着妻子去普瓦捷。毫无疑问,王后已经在努力使他成为她反对老国王的盟友。

埃莉诺在孩子们童年时期与他们相处得如何我们一无所知。按照那个时代的习俗,他们先是由养母带大,然后寄养在信得过的贵族家里,不过她也会时不时看望他们。她探望得最多的可能是理查,理查是她第二次婚姻中诞下的第四个孩子,因为他从小就被指定为阿基坦的继承人,可以说是使她有希望重获权力的最关键人物。至少从在蒙米赖时起,他就成了埃莉诺的忠实伙伴,那个时候他只有十二岁。鉴于他后来的同性恋名声,不难想象女王是那种把儿子当成"小情人"的强势母亲。离开亨利二世之后,她既没有沉溺于爱情,也没有任何亲密的男性朋友,理查很可能是她后半辈子中唯一的男人,而她是他生命中唯一的女人。

在蒙米赖,路易七世承认了理查在阿基坦的权力,把自己第二次婚姻中所生的女儿爱丽丝指配给理查为未婚妻,并将爱丽丝送到英国抚养长大。令埃莉诺感到高兴的是,在1169年的同一年,亨利二世下令宣布理查为普瓦捷伯爵。第二年夏天,在一系列盛大的仪式中,他被册封为伯爵,并被确认为未来的阿基坦公爵。在尼奥尔,他被介绍给该地区的贵族,他们向他致敬。在普瓦捷,在圣依雷尔勒格朗教堂里，在他最伟大的封臣们面前，他从波尔多的主教和大主教那里收到圣依雷尔勒格朗的圣枪和圣旗。他还被任命为圣依雷尔勒格朗教堂的院长。在利摩日，在圣马夏尔修道院里举行了第三次仪式，利摩日主教在他的订婚手指上戴上圣瓦莱丽的戒指，这位罗马烈士是该市的守护神。所有这些仪式都伴随着福音书上的宣誓和主教高级别的弥撒，然后是举办宴会和比武进行庆祝（坎特伯雷的杰维斯和杰弗里·维格说理查被任命为阿基坦公爵和普瓦捷伯爵是不正确的。直到1179年，他才得到统治阿基坦的正式授权）。埃莉诺确实有理由感到高兴，尽管理查是同性恋，但他确实是她的儿子中最强壮、最英武的一个。

若弗鲁瓦，埃莉诺的第三个儿子，在蒙米赖就已经被路易国王任命为布列塔尼的继承人，他将作为英格兰国王的封臣。正如人们所知，他通过与被废黜的柯南公爵的女儿订婚获得了公爵领地的所有权。柯南公爵于1170年去世，亨利二世以若弗鲁瓦的名义吞并了前公爵的彭埃弗尔郡，同年没收了布列塔尼叛乱者尤多·德·波霍特的土地，从而巩固了若弗鲁瓦的统治地位。若弗鲁瓦长大后成为金雀花家族中最邪恶的一员，他曾经夸口说这是他家族的传统：兄弟仇恨兄弟，儿子背叛父亲。他也不会因为反抗父亲——老国王亨利而感到丝毫不安，从这个意义上来说，他的冷酷无情倒是很适合被埃莉诺利用来对抗老国王。和年轻的国王一样，若弗鲁瓦也拜访了他母亲在普瓦捷的宫廷。

第四个儿子约翰在蒙米赖什么也没有得到。国王笑着称他为"无地王"，但显然还是想在适当的时候给他一些大的封地——这让他的兄弟们感到不安，他们担心必须从自己的领土上分割。

至于埃莉诺和亨利二世的女儿们，玛蒂尔达于1168年嫁给了撒克逊伯爵亨利，德国最了不起的王子之一；埃莉诺在1170年与卡斯蒂利亚的阿方索八世订了婚；最小的女儿乔安娜于1177年嫁给西西里岛的威廉二世。这些女孩都没有参与母亲的宏伟计划。

与此同时，亨利二世终于在1170年引爆了托马斯·贝克特事件。

尽管二人之间的争端尚未解决,尽管收到了警告,大主教仍坚持要返回英格兰,而回到英格兰之后,国王和大主教一如既往地吵嚷不休。圣诞节,埃莉诺陪伴着亨利二世在诺曼底比尔的宫廷度过,他在那里发出了对大主教的诅咒。他即使没有真的说过"没人能帮我摆脱这个狂暴的牧师吗?"但肯定也说了一些类似的话。国王派去阻挠的信使无功而返,这使他的四个贵族(不仅仅是骑士)开始想要帮国王摆脱主教。在12月29日星期二的晚上,他们在坎特伯雷大主教所在的大教堂里将他砍死,并且故意将他的脑浆溅到人行道上。这次杀戮震惊了整个基督教世界。教皇亚历山大三世在听到这个消息后下令一周内不允许任何人在他面前提到亨利二世的名字,路易七世称他犯下了"反人类罪",布卢瓦伯爵说这是一种"可怕的、前所未有的罪行"。虽然亨利二世没有被逐出教会,他的王国也没有被禁,但他经历了很多屈辱,尤其是1174年他在坎特伯雷大主教墓前被坎特伯雷的牧师们鞭打。自然,他的敌人,包括埃莉诺,都认为他的权力因此事件被严重削弱了。

此外,在这个最不利的时刻,英格兰国王还急于扩张他的领土,试图征服基督教世界最野蛮的土地爱尔兰。统治那里的是无数的小国王或酋长,他们松散地对五位君主和一位由选举产生的"至高王"效忠,这与1746年之前存在于苏格兰高地的社会情况非常相似。他们的主要职业是斗殴和抢劫牲畜,但通常无法团结起来一致对外。那里唯一的城镇是维京人建立的几个海港,由他们的后代居住,岛上唯一的财富是丰富的牧场。该国的大部分地区被无法穿越的沼泽和森林覆盖,唯一出口物是猎狼犬和松貂皮。在黑暗中世纪的某段短暂的时期里,爱尔兰教会也曾昙花一现地以其圣徒和学者而闻名,但那已经是很久以前的事了,现在这里只有几座新建的熙笃会修道院。爱尔兰的道德水准败坏了基督教的名声。主教们的职位经常由他们的儿子继承。当地的布莱恩法律(Brehon Law)承认六种婚姻形式,其中大多数是妾制。教皇在这片混乱和野蛮的土地上几乎没有什么权力。亨利二世早在1155年就打算入侵它,并设法从英国教皇阿德里安四世那里获得了对爱尔兰的"领主"地位。教皇的动机则是想要在那里施加适当的神职纪律。尽管它贫穷、野蛮、多雨、多雾，但它显然是诺曼人需要费力去征服的另一个国家，就像他们曾经征服英格兰和西西里岛那样。从1169年起，来自威尔士的诺曼贵族们开始在爱尔兰活动；1170年，他们占领了它最富有的城镇都柏林，并在第二年越过它的东海岸，直到南部的沃特福德。亨利二世不想看到一个新的不受他支配的独立国家（诺曼-爱尔兰州）建立起来。因此，1171年10月，他在沃特福德附近着陆，直到次年4月，他一直停留在爱尔兰，向诺曼侵略者和许多本土国王索取供奉。虽然他自此以后没有再去过那里，但他从此投入了大量的时间、精力和财富用于征服和殖民爱尔兰。

亨利二世的领地现在延伸到第二片海域。他的封臣都是欧洲一些最桀骜不驯、最难以控制的人——暴躁的欧西坦人、普瓦图人和安茹省人，阴郁的诺曼人和英格兰人，野蛮的布列塔尼人、威尔士人和爱尔兰人。每天几乎都有叛乱发生在他这个摇摇欲坠帝国的某个角落。埃莉诺认为她的丈夫此时有些不堪重负，如果尽可能在更多地区发动联合一致的反抗，将使他摇摇欲坠的权力基础彻底崩溃，她的这一想法是无可指责的。为了这样一场起义，她需要那些心怀不满的盟友，并在一场精心策划的起义中联合起来。到1173年，王后拥有了他们——她的三个长子。她一定迫不及待等着他们长大，可以加入她的阵营。

年轻的国王亨利现在十八岁了。他高大帅气、大方迷人，却没找到用武之地——"一个不安分的青年，生来就是为了毁灭许多人的"。他英勇无比、精力旺盛，是一位勇猛的骑士，威廉·马歇尔①真诚地称赞他为"所有基督教王子中最美好的一位"。但他个性躁动不安，像蜡遇火一样不稳定。此外，尽管这位年轻的国王以他的慷慨而闻名，但他也极其奢侈，无休止地向他的父亲索要钱财，而且总是负债累累。

---

① 通称威廉元帅，第一代彭布罗克伯爵，英国有史以来最伟大的骑士，被誉为"最忠诚的骑士"。逝世后被葬入圣殿教堂。

事实上，杰弗里·维格直言不讳地说，"与其说他慷慨，不如说说他挥霍"，托里尼的罗伯特也形容他"挥霍无度"。不过不可否认，他的铺张有一定的帝王气派。有一次，他邀请了诺曼底所有名叫威廉的骑士共进晚餐，有一百多人前来。他无拘无束的热情举止、亲切的言语和肆意的慷慨，以及他对荣耀、决斗和宴会的热爱，吸引了一大批不成熟的年轻人，其中唯一出类拔萃的是英勇的威廉·马歇尔。他的门客还包括那个惯于制造麻烦的贝朗特·德·博尔恩。可以说年轻国王身上的优良品质也因此遭到破坏。他如此慷慨仁慈，以至于威尔士的杰拉尔德把他称为"作恶者的保护伞"。尽管如此，老国王仍很尊敬年轻的国王，也很喜欢他。1172年，老国王在温切斯特授予他戴王冠的荣誉，他的妻子也一并被封为王后。尽管名义上这位年轻的国王与他的父亲联合执政，但他并没有自己的土地，不得不靠他认为不体面的微薄津贴生活。老国王拒绝了他想实际统治英格兰、诺曼底和安茹的请求。在他父亲不在的时候，英格兰由一位法官统治。连他家里的人也是由老国王挑选并安排的。这位虚荣的年轻国王对自己屈辱的处境深感不满。

普瓦图伯爵理查此时十六岁，和他哥哥一样高大英俊，但他有一头红发，且体格更健壮，骑马作战也更为出色。他大胆、苛刻，性格带有一种暴力和残酷的倾向，容易暴怒而且爱记仇，与他哥哥大不相同。威尔士的杰拉尔德把他比作铁锤。理查虽然长相帅气，但有一双和其父一样的凶狠、凸出的灰色眼睛。与年轻的国王不同，他对比武感到厌烦，相反他对真正的战争有着天然的向往，即使小小年纪，但他对对手毫不留情。另一方面，他继承了母亲对音乐和诗歌的热爱，他用法国的普瓦图方言和普罗旺斯语写诗并为它们谱曲，在合唱团演唱。他喜欢吟游诗人做伴。后来贝特朗·德·博尔恩成为他的密友，并给他取了普罗旺斯语绰号"优柔寡断的人"，尽管他只是很率直。他尊敬和喜爱她的母亲，对她所受的冤屈感同身受。他不爱他的父亲。理查从少年时起就是埃莉诺儿子中最令人敬畏的一个，同时，他也想要更多的权力和独立。

第三个儿子若弗鲁瓦虽然也很早熟,但也只有十五岁。他头发乌黑,个子没有亨利和理查高,他也许是家里最聪明的人,但也是最不值得信赖的人。彼得伯勒的本尼迪克特提到他,说他既然能成长为一个谜一样的人和彻底邪恶的人,是一个代表罪孽和毁灭的儿子,那么少年时期的若弗鲁瓦也一定是个危险人物。他想尽早享受妻子的布列塔尼公爵领地。

到1173年,埃莉诺的计划已经准备就绪。她决定,尽管他们年轻,但她这三个相当令人敬畏的儿子已有足够能力领导她谋划的叛乱。老国王亨利的妻子和孩子们已经准备要推翻他了。

第十章　埃莉诺的起义

> 请注意上帝是怎样鼓动他怀中的妻子、他膝下的儿子,使他们成为他的眼中钉、肉中刺。
>
> ——霍林斯赫德关于亨利二世在 1173 年的记事

> 你母亲耶洗别的淫行邪术这样多,焉能平安呢?
>
> ——《列王记》第二卷

1173 年反对亨利二世的大起义通常被认为是愤怒的年轻国王自发发起的,老国王境内境外的敌人们也都在一时冲动之下加入了这场起义。起义涉及的范围如此之广,行动又如此一致,人们不得不得出这样的结论:它是事先精心策划好的。年轻的国王凭一己之力绝无可能做出如此"壮举",他没有这种城府,他的兄弟们虽然早熟,但也还是太稚嫩。虽然没有确凿的证据,但种种情况都表明:埃莉诺才是这个巧妙阴谋的设计者。起义的基本目标是为年轻的王子们获得没有任何附加条件的封地,从而削弱老国王亨利的权力,使他永远无法恢复他的权威。事实上,他们还打算如有可能就废黜他。王后的战利品是阿基坦,她将和她深爱的儿子理查一起统治那里。但是事与愿违,年轻国王的一个愚蠢的错误拯救了亨利二世。

很明显,直到起义爆发前,英格兰国王都丝毫没有怀疑过他的妻子在密谋造反。从罗马时代到 16 世纪以及伊丽莎白时代和凯瑟琳·

德·美第奇时代，几乎没有一个欧洲妇女在政治中起过主导作用。妇女们也许对政治感兴趣，偶尔成功地在她们的男人和她们不喜欢的人之间制造对抗，但她们在政治上的影响力也仅限于此。只有皇后玛蒂尔达和阿基坦的埃莉诺是例外。玛蒂尔达因为她的傲慢和缺乏精妙的手段而失败了。埃莉诺也失败了，却不是因为她自己的原因，而是时运不济，她面对的是一个异常强悍、精力充沛的对手。像亨利二世这样精明得不可思议的人大概因为她是女人就低估了她，这才导致自己遭遇这场风险。然而，有玛蒂尔达这样的母亲，他本应该更清楚女人的野心。

很明显，在埃莉诺计划推翻她丈夫的很长一段时间里，她都在韬光养晦。也许不该责备她的野心，毕竟二十年来，他剥夺了她的独立和权力。她就像一些维多利亚时代的女继承人，在有《已婚妇女财产法》之前，所有财产就落入了一位寻财者的魔爪。虽然这是一个不恰当的比喻，但也能传达出她内心的某种怨恨。她的想法和行为并不反常：亨利二世已经丧失了对她的所有忠诚，因为他一再通奸，最重要的是，他还爱上了一个情妇，使她成为埃莉诺的情敌。此外，威尔士的杰拉尔德告诉我们，亨利二世总是食言，托马斯·贝克特曾把他形容为狡猾的变色龙。

到了1173年，在亨利二世统治下的英国和法国，人们都对他的高压统治深恶痛绝。在英国，据圣保罗大教堂院长拉尔夫·迪切托所说，人们纷纷加入年轻国王的阵营是因为他的父亲"踩在骄傲和傲慢的人的脖子上"，摧毁强盗贵族们的城堡；因为"他把叛徒流放，处死强盗，用绞刑震慑盗贼，还鞭打剥夺穷人钱财的压迫者"。院长的观点显得忠诚而仁慈。实际上，很可能亨利二世手下的贵族们都不满于他的暴戾，尤其是在阿基坦，他根本就是一个不受欢迎的北方佬和暴君；与威廉九世相比，他野蛮而专制，人们之所以还能容忍他，只是因为他是埃莉诺的丈夫。与此同时，他几年前在曼恩和布列塔尼镇压的叛乱分子们也正在等待时机谋反。

这些密谋造反的人有一个重要的盟友，那就是埃莉诺的前夫。路易七世已经成熟了很多,无论是作为国王还是政治家。虽然他的政治才能和天赋不如亨利二世,但他在法国的地位在慢慢地提高。虽然他很虔诚,在法国也没有金雀花王朝那样世俗政权和王权之间的激烈斗争,但他在实际上加强了王权对教会的影响力,并控制了主教选举,维护了王室的权力。事实上,路易七世早已不再那么天真,甚至也失去了他的单纯。亨利二世和他庞大帝国持续不断的威胁,再加上自己境内不受控制的封臣的威胁,激起法国国王强大的求生欲,他决心要克服一切障碍,维护卡佩君主制。他还采用了一种最不诚信的手段,即通过宣布停战,然后又打破停战状态来逃避危险。英格兰国王在蒙米赖的领土分配方案让他看到了也许遥远但相当激动人心的安茹帝国分裂的前景,而埃莉诺的大规模叛乱计划一定会加速这一进程。虽然没有记载,但可以合理地推断,一定有秘密大使在路易七世和埃莉诺及其儿子之间奔走。当年轻的英格兰国王在1172年秋天拜访他时,路易七世煽动这个男孩要坚持得到他父亲的一块领土。

老国王亨利什么都不曾怀疑。1170年,他把女儿嫁给了卡斯蒂利亚国王,这有效地消除了法国人和卡斯蒂利亚人联盟的危险,同时加强了他在图卢兹的地位。正如我们所看到的,1171年到1172年,他在爱尔兰成功地建立了一个桥头堡。1172年,他在阿夫朗什与教会和解,他发誓自己既没有要求也没有下令杀害托马斯·贝克特,并与教会达成妥协而非投降的协议。1172年,他也向路易七世示好,让法国国王的女儿和年轻的国王一起加冕。他有充分的理由相信他是安全的,不会受到攻击。

1173年2月在蒙费朗,亨利二世和年轻的国王会见了莫里耶讷伯爵亨伯特,商量亨伯特的女继承人和年轻国王的弟弟约翰的婚事。伯爵统治着萨伏依和皮埃蒙特,控制着从法国进入意大利的几个阿尔卑斯山中的要道。这对亨利二世来说是至关重要的,因为教皇(与腓特烈·巴巴罗萨不和)此时正在认真考虑授予他王位的事情。亨利二世对如此雄心勃勃的冒险颇感兴趣,并表明了他对自己领土安全的重视。因此,他向亨伯特伯爵许诺,约翰将得到卢瓦尔河上的三座城堡——希农、卢丹和米拉波,这三座城堡本是安茹家族小儿子惯常的封地。但这激怒了年轻的国王,他愤怒地对他的父亲说,如果没有他作为共同君主的同意,老国王没有权力送这样的礼物,而且他也绝不会同意。老国王则拒绝改变主意。此外,他立即命令一些年轻的骑士离开他儿子的驻地,他认为他们的存在是一个不好的因素。

年轻的国王像路易七世建议的那样,要求得到英格兰、诺曼底或安茹领土。也许现在,亨利二世第一次开始怀疑有什么阴谋正在酝酿之中。他似乎已经收到来自图卢兹伯爵雷蒙德的警告,说他的家人正在密谋推翻他,但显然他无视了臭名昭著、奸诈、不可靠的对手的讯息。

然而,年轻国王的愤怒,使老国王已经怀疑路易七世试图在他们父子之间制造麻烦。亨利二世曾想把年轻的国王囚禁起来,但最终决定不这么做。然后,1173年3月7日晚,在希农,年轻的国王灌醉了他身边的侍卫,向北逃跑,骑马向海岸进发,他似乎是打算越过英吉利海峡,夺取英格兰。然而,当他到达诺曼底后,他改变了主意,去了巴黎,想要寻求路易七世的庇护。由于他愚蠢的爆发和随后的逃跑,年轻的国王打草惊蛇,并最终使他母亲的阴谋败露。但是老国王此时还没有完全意识到这个阴谋的严重性。

亨利二世派人到巴黎,要求送还他的儿子。路易七世的回答带着奇特幽默的挑衅。当英国的大使们说他们是从英国国王那里来时,路易七世回答说:"不可能。英格兰国王和我在一起。你把国王的头衔给了他的父亲,真是大错特错。那个国王已经不存在了,既然他已经在世人面前把他的王国交给了他的儿子,那么他最好不再自认为自己是国王。"法国贵族被召集到巴黎开会,他们庄严宣誓要为年轻的国王而战,而国王则发誓,如果没有他们的同意,绝不中途妥协。他承诺将肯特伯爵的爵位授予佛兰德伯爵,并将图赖讷的大片土地授予布卢瓦伯爵。会议一致决定,老英格兰国王不再是国王了。路易七世下令,专门为年轻的国王刻制了一枚印章,这样他就可以把他自己的口头承诺变成正式的许诺。在母亲的鼓励下,理查和若弗鲁瓦现在也到了巴黎。

年轻的国王在整个安茹帝国都找到了盟友。在英格兰，诺福克、莱斯特、切斯特、德比和索尔兹伯里的伯爵们，以及小贵族们雇用了雇佣兵，将他们的城堡置于防御状态，并开始攻击老国王的支持者。此外，苏格兰国王雄狮威廉和他的兄弟开始越过边境袭击。亨利二世哪怕遭受一场惨败，都势必在英格兰掀起一场大规模的起义。亨利二世非常担心，以至于他一度答应将英格兰的一半给予年轻的国王，将阿基坦的一半给予理查。在普瓦图和阿基坦，他任命的城主和管家被驱逐出各个城堡，以昂古莱姆伯爵和吕西尼昂伯爵为首的贵族们联合起来反抗老国王亨利——这位被他们的公爵夫人抛弃的配偶。诺曼底、布列塔尼、曼恩和安茹也发生了起义。路易七世和埃莉诺的公开目标，无疑是要剥夺亨利二世除诺曼底以外的所有领地。很少有统治者像亨利二世这样突然发现自己如此孤立，要面对步调如此一致的敌人。

亨利二世最终活了下来。如果不是年轻的国王失去理智，过早地触发了这一阴谋，亨利二世很可能在他有机会抵抗之前就被抓住并罢黜了。事实上，大部分战斗发生在诺曼底（那里大体仍忠于他）、英格兰北部和布列塔尼。亨利二世首先将法国侵略军赶出诺曼底，然后转而粉碎布列塔尼叛军，阻止其进入英格兰。1173年10月，他的支持者和带着镰刀、棍棒的农民在萨福克的福纳姆驱散了莱斯特的雇佣兵。到年底，英国叛军只能在北部和中部地区活动。1174年春天，一支侦察队在诺森伯兰郡的大雾中抓获了苏格兰国王。到了夏天，年轻的英格兰国王的队伍已经完全败下阵来。与此同时，路易七世和金雀花王朝的王子们围攻鲁昂。率领一支包括威尔士雇佣军的军队，亨利二世再次渡过英吉利海峡，发起围攻，将敌人赶出了自己的领土。到1174年秋天，很明显他已经击败了叛军大联盟，9月8日，他们在吉索尔举行了一次和平会议。

知道何时该妥协的老国王也很慷慨：年轻的国王得到了两座诺曼城堡和每年1500英镑的津贴；理查得到了普瓦图的两座城堡以及该

郡一半的财政收入；若弗鲁瓦和理查一样也因为"年幼无知"而被原谅，他获得了布列塔尼一半的收入。但老国王坚持自己供养约翰的权利，在英吉利海峡两岸都给了他土地。无论如何，从表面上看，他的儿子们得到了严厉的教训，"勇士们认识到，要想从赫拉克勒斯手中夺走大力神的棍棒绝非易事"，他们父亲的财务官兴高采烈地说。

解决方案中没有提到主要的阴谋者埃莉诺，她已经被亨利二世逮住一年多了。1173年8月，当她的丈夫第一次开始在普瓦图报复时，她躲进了费埃拉维纳斯的城堡，那是她忠诚的叔叔——法耶的拉乌尔的要塞。鲁昂大主教，华威的罗特鲁，已经给她写了一封措辞严厉的信，命令她回到亨利二世身边，并且停止鼓动他的儿子们造反，否则她将会使整个国家毁灭。费埃拉维纳斯很快落入亨利二世的士兵手中，但埃莉诺及时逃走了。很偶然的，在去沙特尔的路上，在法兰西岛附近，亨利二世的几个部队拦截了一群向巴黎驰来的骑士。五十岁的王后正骑行在他们中间，乔装成了贵族男性的样子。接下来的几个月，她被软禁在她丈夫位于图赖讷的希农城堡的一座塔楼里。

第十一章　失落的岁月

愚蠢的女人,你现在就像一根火把,点燃了别人却烧毁了自己。

——福特,《可惜她是个娼妓》

啊,真正忧郁的至高无上的女主人。

——莎士比亚,《安东尼和克利奥帕特拉》

亨利二世此时一定对王后感到无比愤怒。他终于发现,原来多年以来她一直暗中与他为敌,图谋废黜他,并且给他带来了生命中最大的危机。诚然,他对她不忠,但是他认为这根本就不足以使她对她孩子们的父亲怀有如此大的敌意。发生了这样的事情之后,再和解已然不可能。她的阴谋差点就得逞了,这说明作为一名政治家的她是多么令人畏惧。这件事也证明了她对权力的渴望。

1174年7月,押送埃莉诺的船只从巴夫勒尔出发(可能是通过名为埃斯内卡或代号为"蛇"的国王的私人船只押送的)。据史学家记载,当时天气很恶劣,但她顺利抵达,她先是被囚禁在温切斯特,后又被囚禁在老萨勒姆城堡里。时至今日,人们仍然可以在绿草坪的土圈中辨认出塔的遗址,这就是城堡留下的全部遗迹了。

亨利二世的问题是如何处理这个背叛他的妻子。据豪登的罗杰所说,起初他似乎已经决意要和她离婚。1175年10月31日,教皇特使,圣安杰洛红衣主教乌古奇奥内·皮埃隆在温切斯特会见了国王,讨论教会与国家的关系并为贝克特事件善后。有传言说他们还就国王和王后之间离婚的可能性进行了讨论。这个问题有点复杂：让埃莉诺重获自由将会犯下路易七世在近四分之一个世纪以前犯下的政治错误。威尔士的杰拉尔德认为，亨利二世应该向王后提出离婚，但有一个条件，那就是她必须抛弃世俗世界，立誓成为一名修女；她将被任命为丰特夫罗修道院的女院长，因为她很喜欢那所修道院。此外，坎特伯雷的杰维斯听说国王给了那位贪得无厌的红衣主教一大笔钱，大概是为了让他酌情处理。尽管埃莉诺喜欢丰特夫罗，但她并不打算为了解决丈夫的困难而放弃自己的权力，她拒绝了这一提议。虽然她已经五十三岁了，在12世纪几乎算是年纪很老了，尽管她的一切梦想也都已化为乌有，但她不愿意绝望，不愿意接受她再也没有机会重新获得一些权力的事实。最终证明，她的决心得到了回报；但在此之前，她首先得忍受十五年的监禁，或者说是半监禁，因为她通常是被软禁在戒备森严、没有逃脱希望的建筑物里。

这些年间，监禁她的位置并非一成不变，尽管通常是在温切斯特。有时她也会被押送到拉德格舍尔，或者回到老萨勒姆，或者是伯克郡、白金汉郡和诺丁汉郡的其他城堡。看押她的狱卒们都是她丈夫最信任的人，其中最著名的是伟大法官拉内弗·德·格兰维尔和皇家法官之一威廉·菲茨斯蒂芬（也是托马斯·贝克特的传记作者）。在她被监禁期间，史书上几乎没有提到她，而财政部卷宗上的几条记录表明，她的生活费很少，与她一生为人所知的奢华生活形成了悲惨的对比。但即使这期间她的内心备受煎熬，怀念着普瓦图，她那强大的神经也没有被摧毁。

亨利二世现在公开地和罗萨蒙德住在一起，但是她未能长久地享受胜利。1176年，她病倒了，住进了戈斯托的女修道院，不久她就去世了。在弥留之际，她选择当了修女。总的来说，除了都非常美貌，罗萨蒙德和埃莉诺完全相反，她对政治和权力毫无兴趣。她被埋葬在修道院的祭坛前，她的坟墓变成了神龛，周围装饰着丝绸，修女们按照亨利二世的捐赠条款精心照料着。1191年，也就是亨利二世死后两年，严厉的林肯主教圣休访问了戈斯托,他惊恐地发现当地居民仍然对她的坟墓敬拜。豪登的罗杰说,主教因此把她的遗体移到了一般的墓地,因为他认为她只不过是个妓女。亨利二世最新的传记作者说,罗萨蒙德无疑是国王一生的挚爱,他甚至可能想让她代替埃莉诺当王后。罗萨蒙德死后,他仍然情妇不断,但没有一个能填补罗萨蒙德在他心中的位置。

被囚禁期间,埃莉诺对外面发生的事情几乎一无所知,对于她这样一个头脑活跃的人来说,这真是一种酷刑。也许狱卒们好心地让她知道了女儿乔安娜(出生于 1165 年)于 1176 年 7 月与西西里国王威廉二世订婚的事。乔安娜经由陆路来到新王国,并于第二年 2 月嫁给了威廉。作为威廉的妻子,她的命运不尽如人意,因为她的丈夫妻妾成群、风流成性。至于埃莉诺的儿子们,在他们和父亲和解后,理查发动了一场漫长而血腥的战争,征讨曾经支持过他的叛军。在 1176 年秋天,他突袭昂古莱姆,迫使伯爵到英格兰向亨利跪拜以恳求饶恕。1178 年,老国王亨利在伊夫里会见了路易七世,并发誓,尽管无疑不够真诚,要一起参加十字军东征。他们还讨论了路易七世的女儿爱丽丝(她从 1162 年起在英国宫廷内被抚养)与理查的婚事。第二年,路易七世来到坎特伯雷,在圣托马斯圣祠祈祷他的独生子菲利普早日康复,菲利普此时正遭受一场凶险的高烧。亨利二世和他一起祈祷,怀着复杂的感情。

1179 年,理查被任命为阿基坦公爵。他的母亲被从监狱带到了阿基坦,在那里她公开宣布放弃阿基坦公国,由儿子理查继承。然后她回到英国并继续被囚禁。在这很短的一段时间内,也许是唯一一次,埃莉诺和理查之间产生了一些不快。

有些人同情王后。本笃会的理查德·普瓦特万为她写了一篇动人的哀歌,"你从自己的国家被掳去一个陌生的地方"。这位虔诚的修士对她说:"你曾经快活度日,欣赏侍女们为你表演的歌曲,鲁特琴和小鼓的演奏。而现在你却以泪洗面,满心苦楚……你大声呼喊,却没有人愿意听,因为国王要囚禁你。但请仍然坚持呼喊,提高你的音量,就像吹喇叭一样,然后它们必会传到你儿子们的耳朵里。他们拯救你的日子必将到来,到时你会再次住到自己的土地上。"牧师假借埃莉诺之口说出了这样的话:"唉,我被流放的时间太长了。我和一个粗鲁无知的部落生活在一起。"这句话很好地反映了王后对英格兰人的真实感受,就像他们对许多阿基坦人的感受一样。

1179年底,路易七世因严重中风而瘫痪,缠绵病榻近一年后,最终于1180年9月去世。没有记录表明埃莉诺在何时听到了这个消息,也没有记录表明她曾共同生活十五年的丈夫去世时她是否有任何情绪。但后来,她肯定会为法国新国王腓力二世奥古斯都的继位而懊恼,虽然就目前而言,他还太年轻,不会对任何人构成威胁。

与此同时,她的儿子们正在激烈地争吵。普瓦图的一些贵族站起来支持年轻的国王,而显然他们更愿意这个年轻国王是理查。著名的吟游诗人男爵贝特朗·德·博尔恩即是这些煽风点火的贵族中主要的一位,一位现代历史学家曾这样描述他:"这个耀眼又恶毒的吟游诗人身上,融合了南方骑士精神中所有最坏和最好的品质。"贝特朗,可以调动自己的资源派遣千军万马奔赴战场,在他的一首诗中他宣称,"除非富有的贵族们彼此不和,否则我永远不会感到快乐"。他的魅力使他特别危险,金雀花王朝的所有王子都受其影响。

1182年,年轻的国王在若弗鲁瓦的陪同下入侵普瓦图,一场全面的内战爆发了。老国王亨利试图在他凶残的儿子们之间达成和解,但他们都不理他,冲突仍在继续。年轻的国王集结了一支由冒险家和雇佣兵组成的军队,他们毫无顾忌地四处掠夺,洗劫修道院和教堂。布卢瓦的彼得写信给这个年轻人,指责他只不过是一个与被逐出教会的亡命之徒勾结的强盗头子。但很突然地,年轻的国王亨利病倒了,而且他发现自己山穷水尽了,少数几个忠实于他的追随者甚至连买食物的钱都没有了。

在1183年6月,处于囚禁中的王后做了一个非常逼真的梦。她看见她的儿子,年轻的国王,双手合十地躺在一张床上,就像坟墓上的一个雕像。他的手指上戴着一个闪闪发光的大蓝宝石戒指,头上戴着两顶王冠:第一顶是她看见过他戴的国王的冠冕,第二顶则是逝去的人头顶才会有的光环。几天后,韦尔斯教堂的副主教来找她,告诉她,她的长子已于6月11日在马尔泰勒去世。他得了痢疾,知道自己病得不轻了,便派人去见他父亲,请求他原谅。老国王送给他一枚蓝宝石戒指,作为父子间和解的象征。他死后,这枚戒指再也无法从他的手指上取下来。副主教提到了埃莉诺的梦境,说她是以极大的勇气和自我克制来承受了这个不幸的消息,因为她终于明白了她梦中幻象的含义。她告诉神父说:"神为爱他之人所预备的,眼睛未曾看见,耳朵未曾听见,人心也未曾进入。"牢狱之苦似乎使她转而亲近宗教。

埃莉诺一直哀悼着她英俊迷人的儿子——多年后,她写信给教皇说,她仍然被关于他的回忆折磨。而亨利二世,这个屡受他儿子残酷折磨的人,也陷入了深深的痛苦之中。从年轻国王亨利的朋友——吟游诗人贝特朗·德·博尔恩的痛苦中,我们可以看出年轻国王的一些魅力和吸引力。贝特朗用埃兹拉·庞德的唱法谱写了一首哀歌:

> 就算把世上所有的悲伤和痛苦,
> 所有的伤心和不幸汇聚到一起,
> 也难抵这位年轻的英格兰国王的死
> 所带来的悲痛之万一。
> 他是勇士中的勇士。
> 他那英俊的身躯从此消逝了,
> 伴随着我们最深的忧伤、挣扎和悲痛。

年轻的国王临终前恳请在场的所有人向他的父亲求情,求老国王释放他的母亲。亨利二世很可能被他儿子的临终遗言打动了。不久之后,埃莉诺的女儿玛蒂尔达和她那桀骜不驯的丈夫狮子亨利——因反抗德国皇帝而被放逐的撒克逊公爵,被允许去老塞勒姆探望埃莉诺。1184年6月,玛蒂尔达临盆之期将至,埃莉诺被允许去往温切斯特探望,在那里她见证了自己外孙的出生。财政部卷宗记载着老国王送给疏远的王后一件镶有灰色黄鼠狼饰边的猩红色连衣裙和一些绣花靠垫,并且也给了她的女仆玛丽亚一些奖赏。这并不是他宽宏大量的证据,反而反映出亨利曾使她陷入可耻的贫困中。那年晚些时候,她又得到了一个漂亮的镀金马鞍。然后她被国王召去和她深爱的理查(现在的王位继承人)以及约翰一起在温莎城堡度过了圣诞节(从 11 月 30 日开始的节日)。

然而,国王允许王后一起过圣诞节,并不意味着他已经宽恕了她。他这么做可能是想在重新分配国土一事上寻求她的支持,因为他私心想把更多的份额分给他最喜欢的儿子约翰。然而埃莉诺似乎并没有给国王多少帮助。斯塔布斯主教认为,尽管亨利二世"偶尔纵容她炫耀王室的威势和权力,但他从未将她从监禁中释放或真正原谅她"。但现代研究讲述了一个略微不同的故事。似乎从那以后,对她的监禁确实逐渐放宽了,尽管坎特伯雷大主教鲍德温第二年要求释放她的请求并没有得到批准。众所周知,她在 1185 年 5 月至 1186 年 4 月期间一直与亨利二世待在他法国的领土上。

自从年轻的国王去世后,亨利二世认定埃莉诺在他与他的孩子们打交道时具有潜在的价值。他深深地爱着他的长子,尽管长子曾经背叛过他。而他对理查显然有不同的看法,尽管他清楚地认识到理查的能量和才干。理查也许因为他对埃莉诺的态度而对他怀有敌意,亨利二世可能也知道这一点。尽管老国王预见到,理查可能也会像他的兄长一样努力谋求独立,但他还是尊敬这位年轻的公爵,接受理查为自己的继承人。正是在这件事上,埃莉诺无论愿意与否,相信能够帮助老国王使理查臣服。

在老国王亨利统治的后期,他对不忠诚的王后的态度很可能有所软化。这种推测并非臆测,威尔士的杰拉尔德说亨利二世很少爱他恨过的人,但也很少恨他爱过的人。

在 17 世纪 70 年代后期,安茹王朝几乎成了一个联邦国。亨利二世保留了对英格兰的统治权,但他的儿子们统治着大洋彼岸的土地。后者经常互相勾结或对抗,并且经常反对他们的父亲。年轻的国王死后,情况变得更糟了。亨利二世希望理查作为他的新继承人搬到诺曼底，把阿基坦交给约翰，理查拒绝了。尽管他苛待阿基坦的贵族，但他对阿基坦的领土有着深厚的感情。无论如何，他显然认为把遥远而野蛮的爱尔兰分给约翰就已经足够了。因此，约翰和若弗鲁瓦按照他们父亲的指示入侵普瓦图，但骁勇善战的理查总是能很轻易地击退他的兄弟们。理查随后来到英格兰，向他的父亲致敬，并承诺服从和供奉老国王，但他仍拒绝放弃阿基坦。最终，在1185年的复活节宫廷，亨利二世迫使他将公国正式归还给他在鲁昂的母亲。这是一个聪明的举动，因为理查和阿基坦的贵族们都对她忠心耿耿。即便如此，理查仍然不受干扰地统治着阿基坦，直到他的父亲去世，他才得以确保自己能永远拥有阿基坦。与此同时，约翰被派往爱尔兰承袭爵位。他的傲慢和诸如扯酋长们的长胡子之类的笑话激怒了酋长们。

1186年，布列塔尼的若弗鲁瓦死于高烧，另一种说法是他在一次比武会上从马背上摔了下来导致死亡。与理查不同，他是个黑头发的小个子男人。威尔士的杰拉尔德给我们描绘了一幅令人生畏的肖像："如果他不是随时都准备欺骗别人的话，他会是一个最聪明的人。从表面上看，他口齿伶俐、油腔滑调……但在他真实的本性里，苦比蜜多。他是个伪君子，在伪装和掩饰方面有着不可思议的天赋，他永远得不到他人的信任。"若弗鲁瓦公爵认为，他们家族的传统就是互相仇恨，不顾一切地相互伤害。他本人确实体现了这一点，他甚至有一次命令弓箭手射杀自己的父亲。他也是一名残忍的修道院劫掠者，他亲自洗劫了富丽堂皇的圣马夏尔修道院和圣斯蒂芬圣祠。尽管如此，他的确也具有非凡的个人魅力。在他的葬礼上，他的朋友，以冷酷著称的腓力二世，恨不能跟他一起跳进坟墓。他死后七个月，若弗鲁瓦的遗孀康丝坦斯为他生了一个遗腹子，她借用布列塔尼人心目中的一个英雄亚瑟的名字，给孩子取名亚瑟。

亨利二世统治的最后几年处境悲哀，主要在与儿子们的斗争中度过的。威尔士的杰拉尔德向我们讲述了一个残酷的关于老国王的传说（这个传说受到了伊丽莎白时代古董商威廉·卡姆登的喜爱）。据说亨利二世在温莎城堡的一个房间里画了一只老鹰和四只鸟，其中三只在攻击老鹰的身体,第四只在抓老鹰的眼睛。当被问到画的寓意时,他回答说:"这只老鹰是我,这四只鸟代表着我的四个儿子,他们想要逼死我,尤其是我最爱的小儿子约翰,现在也在等待、幻想着我的死亡。"虽然亨利二世有这样的心理准备,但从他的行为可以清楚地看出,孩子们对他的敌意让他一次次地措手不及。

法国新国王腓力二世是一位才华横溢、冷酷无情的政治家,他非常清楚如何利用邻国内部的困境。首先,他要求归还韦克桑,因为年轻的国王已经去世,不应再拥有作为年轻王后的嫁妆的韦克桑。然后,腓力二世还抱怨理查和他同父异母的妹妹爱丽丝的婚礼迟迟没有举行,他知道理查不愿意娶她。根据威尔士的杰拉尔德(他很可能是对的)的说法,原因是老国王在这个女孩长期待在他的宫廷期间诱奸了她。当亨利二世提议她应该嫁给约翰,成为阿基坦公爵夫人时,腓力二世狡猾地向理查透露了这个计划。后者被激怒了,他同意在战争中与腓力二世合作来对抗他的父亲。

然而,当可怕的消息从海外传来时,战争终止了。1187年7月,十字军国家的军队在哈丁角被萨拉丁歼灭。耶路撒冷和圣十字架现在已落入异教徒手中,在所有的圣地中,基督徒只剩下两三个海港。教皇宣布了新的十字军东征,皇帝、法国和英国国王以及理查伯爵接过了十字架。1185年,大牧首赫拉克利乌斯将耶路撒冷的王冠授予亨利二世,但他拒绝了。现在他和他的儿子们可能有了新的想法:现任国王,吕西尼昂的居伊毫无信誉。亨利二世开始组织远征,并征收重税——萨拉丁什一税——来支付远征的费用。然而,他还没来得及出发,一场新的战争就在法国爆发了。

理查正在入侵图卢兹。雷蒙德伯爵折磨并杀害了普瓦图的一些商人,把他们弄瞎,甚至阉割了他们,这显然是一种故意的侮辱。作为图卢兹的统治者,腓力二世自然无法容忍理查对他封臣的攻击。1188年6月,法国国王攻入贝里,袭击了几座城堡。亨利二世立即率领一支威尔士雇佣军离开英格兰,而他的儿子则转向北方,迅速将法国人驱逐出贝里。战争蔓延到诺曼底和安茹。通过一系列巧妙的外交运作,亨利二世让腓力二世失去了他的两个主要盟友——布卢瓦和佛兰德的伯爵——而此时法国国王的资金也开始枯竭。到了11月,安茹王朝似乎已胜券在握了。

然后理查转而反对他的父亲。他别有用心地要求立即与不幸的爱丽丝举行婚礼,同时敦促亨利二世应该保证他对英格兰王位的继承,他还要求立即得到安茹、曼恩和图赖讷以及普瓦图的全部领土。老国王拒绝了他所有的要求。他于是当着他父亲的面,正式宣布自己为法国国王的封臣,去掉佩剑跪在腓力二世面前,双手放在腓力二世的手上,为安茹王朝在法国的每一块封地向法国国王表示敬意。这种行为是不孝的,甚至是反常的。不管有意还是无意,理查可能在某种程度上为他母亲报仇,因为父亲没有公正对待他深爱着的母亲。直到1189年复活节的休战协议才算阻止了战争的再次爆发,在这个过程中教皇也在拼命试图结束这场斗争,因为这可能会毁掉他的十字军东征。

1189年6月,理查伯爵和腓力国王的联合军队入侵曼恩。亨利二世驻扎在首府勒芒,他并没有足够的人马来抵御他们的进攻。于是他放火烧了勒芒,尽管勒芒是他的出生地——也有些人说,火灾是一场意外——然后他被他的儿子追赶着逃向昂热。但理查被当时最令人敬畏的骑士威廉·马歇尔挡住了去路。就这一次伯爵害怕了,他大声喊道:"元帅,不要杀我,因为我手无寸铁,若此时取我性命,那太歹毒了。"威廉回答说:"我不会杀你,但我真希望魔鬼杀了你。"他用长矛刺向理查的马,把他打倒在地。

不久之后,因血液中毒而病重的亨利二世在维朗德里遇到了他的敌人。他摇摇晃晃地坐在马鞍上,不肯下马,他同意了他们的一切要求。当他给儿子一个和平之吻时,他在理查的耳边低语道:"上帝保佑,在我向你复仇之前,我不会死。"但老国王不得不坐着轿子回到希农,他已是生命垂危之人。他太痛苦了,一开始不肯接受忏悔。"我为什么要敬畏基督?我为什么要尊敬玷辱我的人?"因为亨利二世在临终前得知,就连他最宠爱的孩子约翰也投敌了。只有他的私生子若弗鲁瓦还站在他这边。亨利二世的最后一句话是:"被征服的国王真可耻。"埃莉诺的仇已经彻底得报。

第十二章　成为太后

> 背弃誓言的鹰将在她第三个雏鸟的身上找到快乐。
>
> ——蒙茅斯的杰弗里

> 然后国王卖掉了他所有的城堡、城镇和庄园。
>
> ——豪登的罗杰

在他著名的《梅林的预言》中,蒙茅斯的杰弗里预言了背弃誓言的鹰将如何在她的第三个雏鸟身上找到快乐。后来,圣保罗大教堂院长,拉尔夫·迪切托,很快发现这些话可以用在埃莉诺和理查一世身上。埃莉诺当然是一只鹰,因为她展翅飞过两个王国,法国和英国。违背誓言既意味着她与路易国王离婚,又指她因背叛亨利国王而遭囚禁。第三个雏鸟是新国王,她第三个幸存的儿子——理查。院长说埃莉诺在理查身上找到了快乐,并不一定是在拍马屁:每个人都知道他是她最喜欢的孩子。

一听到父亲去世的消息,理查便怀着忏悔的心情来到丰特夫罗公墓前父亲的灵柩旁哭泣。然后,他在希农夺取了王室宝藏,并下达命令到英格兰,要求释放他的母亲。他的信使是他从前的敌人,威廉·马歇尔。然而,当威廉到达埃莉诺被囚禁的温切斯特时,他发现埃莉诺已经释放了自己,变得比以前更像个贵妇人了。她的儿子已经按照她的要求下令,一切安排都要按她的意愿,她的命令都要含蓄地服从。

她立刻召集了宫廷里的人,"按照她的意愿,从一个城市观光到另一个城市,从一个城堡转移到另一个城堡"。她能够如此迅速地释放自己,这说明她和新国王之间的关系已得到广泛承认,就连法官也不敢违抗她。一位现代法国历史学家曾这样描述埃莉诺女王从囚禁中解放出来,"她变成了一位扬帆远航的君主"。

渴望在确立统治的同时获得更多声望,新国王理查授意母亲大赦囚犯。因此,她在全英国下达命令,要求释放那些被不公正关押的人,特别是那些因违反残暴的森林法而被囚禁的人,还有那些因被诬告而坐牢的人。在颁布命令时,埃莉诺说从她自身的经历中她了解到监禁对人而言是多么的痛苦,而从这些痛苦中解脱出来,必能提振人的精神。另一个受益者是她 1173 年的老盟友莱斯特伯爵罗伯特·博蒙特,他的土地归还给了他。

严格地说,就像亨利二世统治时期一样,英格兰名义上的摄政王仍然是法官拉内弗·格兰维尔。但理查对拉内弗并不客气,在新国王到来前的五个星期里,埃莉诺在实际上统治了英格兰。对于一个如此酷爱权力的女人来说,这一定是一段非常愉快的插曲。在此期间,她展示了自己作为管理者的魄力,颁布法令,在全国范围内统一小麦和布料的度量衡,统一了币制,结束了银行家和放债人赖以从中渔利的银价的地区差异。她解除了各修道院为王室马群提供马厩或牧场的义务,并在萨里郡建立了一家医院。最重要的是她要求"在这个领地上的每一个自由人都要宣誓效忠老国王亨利和王后埃莉诺的儿子——英格兰的理查,所有人要不惜世俗的荣誉,不吝生死,帮助他维持他一切的和平与正义"。她还忙于安排即将举行的儿子的加冕典礼。

在被拥戴为诺曼底公爵后,理查从巴夫勒尔起航,于 8 月 13 日在朴次茅斯登陆。第二天他在温切斯特与埃莉诺会合,然后母子俩骑马取道温莎去往伦敦。9 月 3 日星期日,坎特伯雷大主教鲍德温在威斯敏斯特大教堂加冕理查为英格兰国王,加冕仪式与今天的仪式非常相似。从当时的编年史记载来看,加冕典礼似乎盛况空前:王冠如此沉重,而两位伯爵不得不将它举过国王的头顶。

根据国王的命令,在加冕仪式之后举行的宴会上,没有妇女或犹太人出席。人们想知道这项禁令是否适用于国王的母亲。至于犹太人,他们的首领中有几个带着礼物想要进去,结果被拒绝了,随后他们被暴徒袭击,其中一些人惨遭杀害。再然后,伦敦发生了针对犹太人的大规模屠杀,这让理查非常恼火。

新国王的个性与其父截然不同,他继承的是普瓦图王朝埃莉诺家族的基因——冲动而古怪。他是所有英国君主中最不像英国人的,他的爱好在许多方面都带有阿基坦强盗男爵的风格;他残忍、掠夺成性,喜欢战斗和劫掠,战争能给他带来最大的快乐。与此同时,他也喜欢诗情画意,像他的曾祖父威廉九世一样,是一位吟游诗人。他还继承了曾祖父爱招摇显摆的性格,这从他好着奇装异服就能看出来。他是同性恋,他的母亲是他一生中唯一的真爱。尽管他是同性恋,但他还是生了一个私生子,并以他亦敌亦友的法国国王的名字命名了这个私生子,这无疑是一种对法国国王的讽刺。事实上,他有一种相当奇怪的幽默感和独特的品位。他似乎对英格兰没什么感情,自从他出生以来,他就很少去英格兰,对英格兰的语言也一窍不通。毫无疑问,他对盎格鲁-诺曼式的粗鄙法语感到厌恶。尽管如此,英格兰人还是为这位长着金红色头发、高大英俊的新国王欢呼。他们对他的不道德和无所顾忌,对他的性偏差和他对骑士精神的古怪的忠诚,以及他的不计后果的暴力和野蛮一无所知。毕竟与亨利二世最后的压迫时期相比,任何变化都是一种进步。

理查对他专横的母亲特别忠诚,而埃莉诺也知道如何管教他。在去伦敦的路上,有人告知他威尔士人已经越过了边境,正在烧杀抢掠。他说他马上骑马去对付他们,但他母亲命令他等到他加冕后再去,他服从了母亲的命令。后来,他不仅归还了她在英格兰的嫁妆,还把亨利一世和斯蒂芬王后的嫁妆送给了她。

埃莉诺在六十七岁时,还保持着令人惊叹的姣好容貌,而那个时代的女人普遍从五十岁就开始衰老了。即使是玛蒂尔达皇后也没有保养得如此之好,而埃莉诺还将精力充沛地再度过十五年。也许她模样稍显奇怪,但对于她同时代的人来说,她很显年轻。雷吉娜·佩尔努德指出,当时的时尚方式帮助埃莉诺保持了年轻的形象;她用像修女一样的头巾遮住了白色的头发和皱巴巴的脖子。毫无疑问,她仍然坚持化妆,那种涂脂抹粉的方式曾使圣伯纳德和法国神职人员大为震惊。我们从财政部的卷宗上了解到她在置衣上颇为铺张。在加冕典礼的时候,她订购了一件斗篷,由7码珍贵的丝绸制成,镶有貂皮和松鼠皮(价格超过4英镑)。她还订购了同样剪裁的红布连衣裙。她的长寿与持久的精力和活力可能是由于她在十五年的监禁中被迫休息的缘故。但无论如何,她的体格一定很好。

令许多人失望的是,新政权和亨利国王时期的几乎没有什么不同。理查保留了他父亲手下的所有官员,甚至那些反对他的人,包括威廉·马歇尔(后者一向直言不讳,他提醒国王,"我可以杀死你,但我只杀死了你的马")。理查没有给以前同他一起冒险的伙伴们容身之地;讽刺的是,这些人被告知,叛徒不应该像诚实的人那样期望得到回报。新任主政大臣是伊利的主教威廉·伦夏,一个出身卑微的诺曼人;也有一位新的大法官,达勒姆主教休·普约赛特。这种安排绝不是对打算陪儿子一起的埃莉诺的冷落。显然,理查想让她保持最高权威,甚至在必要时可以推翻他的大臣们。

新国王也试图安置妥当他的两个兄弟。他送给约翰很多礼物,他赏赐的城堡和庄园遍布英格兰各地,并给约翰和伊莎贝拉赐婚,伊莎贝拉有时也被称为哈维萨或阿维兹——她是这个国家最大的女继承人。他的私生子弟弟若弗鲁瓦接受了监管约克的任命,尽管遭到了牧师们的反对。然而,当若弗鲁瓦未能征服辖区的大主教,尤其是他未能兑现承诺理查的税收时,理查一怒之下撤销了这项任命。理查还要求约翰和若弗鲁瓦在接下来的三年内在未经他允许的情况下不得返回英格兰。后来,在埃莉诺的要求下,他极不明智地对约翰采取了宽宏大量的态度。太后可能并不认为她最小的儿子有能力背叛他的兄长,她希望他能留在王国内,以防万一他的国王兄长在十字军东征时被杀,他能确保王位的顺利继承。

理查痴迷于远征圣地。他的官员们搜遍英国各港口寻找船只。据豪登的罗杰所说,由于理查父亲价值10万马克(3.3万英镑)的财产不够支持远征,于是很多东西都被标价出售,包括城堡、城镇和庄园。国王后来开玩笑说,如果我能找到买家,我就把伦敦卖了。若弗鲁瓦必须为他的大主教辖区支付3000英镑。理查迫不及待地等着收税,不仅拍卖土地,还拍卖官职、荣誉和各种特权;就连威廉·伦夏也要为他的大臣职位付出一些代价。只要1万马克,苏格兰国王雄狮威廉就可以买回贝里克和罗克斯堡的城堡,这两个地方在战略上至关重要,此外还可以买回其他特权,包括免除所有封建义务。理查利用教皇信件向那些发誓参加十字军却改变主意的人勒索了大量钱财。郡长被撤职,这样他们的办公场所就可以用来出售。一些在亨利二世时期发家致富的官员也发现自己正面临着巨额罚款。理查还想要掠夺犹太人,但一个虚假的谣言说他下了命令对犹太人进行全面的大屠杀,于是他的臣民抢先一步,屠杀了他们能找到的每一个犹太人,烧毁他们的债券,偷走他们的财产。说句公道话,国王对大屠杀深感遗憾;他不但损失了许多钱财,还感受到一种对王权的侮辱,因为犹太人在他的保护之下被杀害了。

理查筹集资金的速度如此之快,以至于他的远征军在1190年春天就准备好要起航了。据说,他从五港联盟①和普瓦图、诺曼底的其他英国南部港口或租用或征用了一支由一百艘船只组成的舰队,其中就有"埃斯内卡号",这艘皇家船只十五年前可能曾囚禁过他的母亲。据估计,该舰队运力大约为8000人。12月11日国王亲自率领他的舰队从多佛出发。当时他病了,还发着烧,所以在他离开之前,人们就说他回不来了。

几乎就在理查刚渡过海峡抵达法国的时候,法官休·普约赛特和

---

① 英国多个沿海港口市镇组成的古老同盟。最初有黑斯廷斯(Hastings)、罗姆尼(Romney)、海斯(Hythe)、多佛(Dover)以及桑威奇(Sandwich)。莱伊(Rye)与温奇尔西(Winchelsea)后来也加入了。

主政大臣威廉·伦夏之间就爆发了冲突,双方都不肯居于对方之下。国王于1190年2月2日在鲁昂召开会议,后来决定任命威廉·伦夏为亨伯河以南的首席法官,而河以北则由休·普约赛特领导。遗憾的是,虽然已经更加明确地划分了他们的权力,但他们各自的立场仍然相当不明确,进一步的动荡是不可避免的。

2月,一位不可或缺的顾问——太后加入了国王的议会。她带来了可怜的法国公主爱丽丝——理查的未婚妻,埃莉诺决定不让理查娶她。她此时不明智地说服理查解除不准约翰重返英格兰的禁令。按照惯例,她捐赠了许多修道院,为十字军东征的胜利和她儿子的平安归来祈祷。受惠者中有她敬爱的丰特夫罗的修女们,还有法国小修道院的医院骑士团,他们得到了拉罗谢尔附近的整个勒佩罗海港。她在希农住了下来,那里也是她被丈夫监禁时待过的最后一个地方。她宽宏大量,在丰特夫罗专门捐赠了一笔款项,为亨利的灵魂安息祈祷。

1190年初夏,英格兰国王理查和法国国王腓力二世在吉索尔会面,就联合十字军东征的最后细节进行商讨。腓力二世坚持要讨论他同父异母的妹妹爱丽丝的处境,要求理查在出发远征之前娶她为妻,因为这次远征他可能再也回不来了。英格兰国王与之僵持。他拒绝交出爱丽丝或她的嫁妆,争辩说由于妇女不能与丈夫一起参加这场圣战,婚姻必须等到他回家再说。因此,爱丽丝一直被囚禁在鲁昂。

在希农与埃莉诺告别后,理查开始准备远征,并最终在1190年6月24日动身。启程并不令人非常愉快,十字军战士们在与他们泪流满面的家人分离时忍不住哭泣。当时还发生了一件不祥的事情:当英国国王接过朝圣者的标志——一根手杖和一个携带瓶时,手杖在他的手中折断了。尽管如此,理查还是去了韦泽莱(半个世纪前路易七世和埃莉诺在这里听了圣伯纳德关于第二次十字军东征的布道),并与腓力二世的队伍汇合。联合军队终于在7月3日开始行军了。腓力二世从热那亚启航,理查从马赛启航。英格兰的主力舰队也已经离开英格兰,准备在途中与国王会合,但因比斯开湾的风暴被耽搁了。他本人则继续沿着意大利西海岸悠闲地航行。当他到达西西里时,他发现他的舰队已经在墨西拿等着他。

理查被迫停留在西西里的时间比他预期的要长。他的妹夫威廉二世于1189年去世,威廉二世是欧特维尔王室最后一个合法的男性,他去世之后,王位被威廉的私生子堂兄弟,莱切伯爵唐克雷德夺取。后者的地位非常不稳固,因为法定的继承人是令人敬畏的霍亨斯陶芬王朝的亨利,未来的皇帝亨利六世,他娶了欧特维尔的一位公主。唐克雷德需要调动自己所有的资源来对付这个最大的威胁,所以他拒绝向前任国王的王后乔安娜,交出她的嫁妆或遗产,并把她关在巴勒莫。理查不可能看着他妹妹受这种委屈。他立即要求唐克雷德释放她,唐克雷德大惊失色,让她带着一些钱去墨西拿找她哥哥,但扣留了她的嫁妆和遗产。于是,英格兰国王攻下了唐克雷德的一座城堡,并把它送给了自己的妹妹留作嫁妆。唐克雷德很受他的臣民拥戴,于是英国人和墨西拿市民之间爆发了斗争,国王因此任由他的士兵快速、彻底地洗劫了这座城市,并宣布他将保留这座城市作为担保。

在这段时间里,埃莉诺并没有闲着,虽然她现在都快七十岁了。她骑马经过波尔多,越过比利牛斯山,来到纳瓦拉王国都城潘普洛纳,见到了被称为"智者"的桑乔国王。她代表儿子向桑乔的女儿贝伦加丽亚求婚。迪韦齐斯的理查德告诉我们,理查在潘普洛纳的一次比武会上遇见了贝伦加丽亚,并推断国王被她的才智深深吸引。这很可能意味着她喜欢"欢乐的艺术"和吟游诗人,这也使她成为一个符合埃莉诺心意的、可以嫁给她儿子的公主人选。史学家不客气地评价说,贝伦加丽亚与其说是美丽,不如说是多才多艺。这门亲事很可能主要还是埃莉诺的主意,她要确保自己的儿子不会娶法国的爱丽丝为妻。人们只能猜测太后如此憎恨爱丽丝的原因是她是路易七世第二个妻子的女儿,或者因为她曾是亨利二世的情妇,抑或因为埃莉诺害怕她强烈的意志可能会威胁到自己的权力。

这时,已经来到西西里的腓力国王又因为爱丽丝的事同理查争吵起来。法国国王找茬儿,以没有分到一半墨西拿领地为由发脾气,但真正的原因是他同父异母的妹妹。不久他和理查就相互不说话了。

六个月后,唐克雷德让步了,他付给理查4万金币,并将女儿许配给理查的侄子——年轻的布列塔尼公爵亚瑟,赠与同等价值的嫁妆。理查为了安抚腓力二世,把他从唐克雷德那里敲诈来的大部分财宝送给了腓力二世。两位君主在西西里愉快地度过了冬天,尽管卡佩王朝的人对这种拖延和代价感到恼火。1191年3月30日,他全速航行前往圣地,因此错过了太后母亲抵达西西里的时间。

埃莉诺和贝伦加丽亚骑马越过阿尔卑斯山,一路下到意大利半岛,到达布林迪西。对这样一位老妇人来说,这是又一次令人生畏的旅行,为了一个颇具政治家风范的理由:她想看到她最心爱的儿子抛弃爱丽丝,然后娶一个听话的公主,生下一个继承人。理查本人可能并不太感兴趣。在西西里岛逗留期间,他跪在墨西拿的一个教堂门口,免冠,除了裤子外全身赤裸,公开乞求宽恕他的罪恶。四年后,一位圣人般的隐士当面谴责国王犯下的索多玛之罪,结果不久国王就病倒了,他再次忏悔,并把妻子召回身边。不管理查对婚姻的私人感情如何,他太敬爱他的母亲了,所以不会违背她的意愿。他从西西里派了一艘船去接母亲和贝伦加丽亚,骑马穿过小岛到雷焦去迎接她们。他们到达墨西拿的当天,法国的腓力二世也启航了。

埃莉诺与理查和乔安娜的重逢时间很短。上次见面时,乔安娜还是个孩子,但现在已经二十五岁了。由于正值大斋节,与贝伦加丽亚的婚礼无法举行,但国王向埃莉诺保证他会尽快与公主结婚,太后将她未来的儿媳托付给乔安娜照顾。母子俩似乎讨论了国家问题,他们无疑为英格兰贵族们已经和威廉·伦夏爆发争吵的消息头疼。1191年4月2日,埃莉诺在墨西拿只待了四天,就踏上了回家的漫长旅途。几天后,理查在乔安娜和贝伦加丽亚的陪同下乘船前往阿卡。自此,他的母亲又将有将近三年时间不能见到他了。

埃莉诺在鲁昂大主教和其他贵族的护送下,穿过墨西拿海峡,骑马来到罗马。她是在复活节的周日到达那里的,当时正值被人们亲切地称为海辛斯·波波的教皇策肋定三世的加冕典礼。这位年过八旬的教皇是她的老朋友,两人关系一直很好。在她第一段婚姻的早期,他正待在法国，并且在后面又有一段时间里，他曾得到她第二任丈夫的庇护。她很容易就获得了鲁昂大主教的使节职位，必要时她可以利用这一权力压制威廉·伦夏。她还不顾威廉·伦夏和英格兰神职人员的反对，要求教皇确认任命若弗鲁瓦·金雀花为约克大主教。这不是慷慨，而是精明的政治：作为大主教，若弗鲁瓦最终会放弃对王位的任何觊觎之心，他可能会成为一个有用的盟友。解决好这些问题后，她在罗马剩下的唯一要办的事就是与罗马放贷人就她的旅费进行讨价还价了。她尽快地离开了这座"永恒之城"，越过阿尔卑斯山，穿过布尔日，前往鲁昂。这几乎和她四十二年前和路易七世走过的旅程路线完全一样。

与此同时，理查的舰队在塞浦路斯附近被一场风暴分散。有些船被冲上岸，撞坏了，他们因此被塞浦路斯人洗劫一空，幸存者还被囚禁起来。塞浦路斯人也拒绝让乔安娜和贝伦加丽亚的船在利马索尔港避难。愤怒的理查于是率领他的军队登陆，在几天之内就占领了整个岛屿，征服了它的统治者——自封为皇帝的伊萨克·科穆宁，理查亲自把他打下马背，并给他戴上了银枷锁（理查曾保证过不给他戴铁制脚镣）。5月12日，理查在利马索尔的东正教大教堂隆重地迎娶了贝伦加丽亚。我们不知道贝伦加丽亚当时穿的是什么，但理查身着一件玫瑰锦绣长袍，斗篷上绣着金色的月牙和银色的太阳，头上戴着一顶猩红色的帽子，上面装饰着金色的飞禽走兽，脚上穿的是金色的长筒靴。庆祝活动持续了三天。

理查随后率领舰队离开塞浦路斯（后来他把塞浦路斯卖给了圣殿骑士团），并于1191年6月8日到达阿卡。围困巴勒斯坦大港口的十字军在紧要关头从一场灾难中得救。

第十三章　代理朝政

> 埃莉诺，因上帝之怒而发声的英格兰王后。
> ——埃莉诺给教皇策肋定三世的信

> 谁能如此野蛮、如此残忍，以致能不屈从于这个女人的意愿呢？
> ——迪韦齐斯的理查德谈论埃莉诺王后

在接下来的几年里，埃莉诺展现出了她最具政治家风范的一面。她必须保护理查的财产不受其兄弟约翰和法国国王腓力二世的觊觎和侵害，这两人都意图利用国王不在国内期间谋利，而事实证明国王不在的时间出乎意料地长。太后因此不得安宁，但是作为补偿，她也拥有了她想要的一切权力。

从诺曼底莫尔坦被召唤回来的约翰伯爵非常清楚布列塔尼的亚瑟是他哥哥的法定继承人。因此，他急于建立尽可能强大的继承权，无论是对安茹帝国的一部分还是整个帝国。此外，他很快就确信理查不会从东征回来了，关于这一点，他也希望自己能说服英格兰民众。迪韦齐斯的理查德告诉我们，伯爵在全国各地旅行，"让所有阶层的人都知道他，因为理查他没有这样做过"。他在皇家城堡里安营扎寨，散布谣言说理查再也不会回来了，而约翰是他的继承人。

执政大臣威廉·伦夏的愚蠢，正好为约翰提供了他想要的那种混乱局面。威廉不仅傲慢得令人厌恶，而且由于陶醉于自己的高升，他也懒得再去追求声望。史学家冷酷地评论他时,最喜欢说的是:"他最可怕的命运是变成一个英格兰人。"这记录了他的臣民如何嘲笑他瘦小的身材、"咆哮的"猿人脸、驼背和跛脚,并不断重复他的祖父曾是个农奴的事实。此外,人们普遍认为他是一个变态。他那富丽堂皇的家宅,他给女继承人和他的亲戚们赠送的豪华的庄园、办公室、府邸等,使贵族们特别恼火。威廉完全愿意服从理查的命令,但他没有任何政治头脑。

当若弗鲁瓦·金雀花带着埃莉诺给他的教皇确认信,试图前往英格兰,行使约克大主教职权时,总理下令,不允许他登陆任何港口。1191年9月,当若弗鲁瓦抵达多佛时,他受尽屈辱,被威廉的妹妹里歇,也就是城主的妻子,逮捕了。他试图在当地的一个本笃会修道院避难,但被拉着双腿拖出,穿过泥泞来到城堡,在那里他被扔进了地牢。雪上加霜的是,威廉没收了若弗鲁瓦的马,把它们当作战利品带到他面前炫耀。

威廉·伦夏做得太过火了,英国的贵族和高级教士们都感到愤怒。林肯的主教圣休显然不是政治家,他的动机总是无可指摘的,他迅速公开地以亵渎神明的罪名将多佛的城主及其妻子逐出教会。若弗鲁瓦很快就被释放了,但此时约翰伯爵已经看到了他的机会,他召集了王国的贵族们到雷丁参加一个特别会议。他们反应热烈,叫执政大臣过来解释他的可耻行为。10月6日,主教们把他逐出教会。威廉在伦敦塔避难,徒劳地试图说服市民约翰想篡夺他哥哥的王位。10月10日,在圣保罗的一个集会上威廉被宣布免职。最终他投降了,并获准在多佛城堡避难。他乔装成一个老妇人试图逃过英吉利海峡,被一个准备亲吻他的渔夫发现了。但约翰伯爵还是让这个可怜的人离开了英格兰。

约翰没有像他所希望的那样从剧变中获益。他获得了一些皇家城堡的所有权,被承认是他哥哥的继承人,并被授予了"全国最高统治者"的空头衔,但仅此而已。英国的贵族们只想摆脱威廉·伦夏的控制,而不是用轻浮而又缺乏经验的约翰来取代理查当国王。取代威廉·伦夏的是一位新法官——库唐斯的沃尔特,鲁昂大主教,他从理查那里得到了特别授权。在这一任命中可以看出埃莉诺的精明。她几乎确定预见到了危机,证据是她从教皇那里获得了对沃尔特的特殊任命,而且这个任命很可能正是她安排的。

还有更危险的事情让她担心。正当她在诺曼底的图克河畔博讷维尔过圣诞节时,突然传来了意想不到的消息:腓力国王从圣地回来了,已经到了枫丹白露。在阿卡围城期间,他因发烧而生了一场重病,头发都掉光了。他以生病为借口,取消了十字军誓约。他回来的目的是尽量利用他的对手不在国内的机会谋求利益。他立即开始增加在诺曼边境的驻军,到1192年1月20日,他包围了吉索尔。他还送信给约翰伯爵,邀请他访问法国宫廷,并把金雀花王朝在法国的所有土地连同他那被虐待的同父异母的妹妹爱丽丝一起送给他。约翰一如既往地肆无忌惮,立即开始在南安普敦集结军队。

埃莉诺迅速采取了行动。她发出明确的命令让诺曼底、布列塔尼、安茹、普瓦图和阿基坦的所有边防部队都要处于戒备状态。有人坚决地告诉腓力二世,企图夺取一个十字军东征者的财产就是破坏《神命休战》协议。于是,腓力二世不情愿地向习俗低头,撤退了。与此同时,在约翰还没来得及启程之前,太后于2月11日乘船渡过了英吉利海峡。

迪韦齐斯的理查德,对埃莉诺处理这件事的方式进行了热情洋溢甚至是感伤的描述:

> 他的母亲怀疑这个不负责任的年轻人可能会因法国国王煽动而图谋不轨,她很担心,想尽一切办法阻止他出国。想起她的两个大儿子的命运,他们都因罪孽深重而英年早逝,她的心感到悲伤。因此,她下定决心,要使她的小儿子们彼此忠诚,这样他们的母亲埃莉诺死去时也会比他们的父亲更幸福些。在母亲的眼泪和土地上的贵族们竭力的恳求下,他才答应不横渡英吉利海峡。

事实上，埃莉诺并没有浪费时间和约翰争论，而是召集全国重臣在温莎、牛津、伦敦和温切斯特开会。在贵族们的一致支持下，她和首席大法官禁止他离开英格兰，并明确表示，如果他离开，他将丧失在英格兰所有的土地和税收。至少在当时，这些策略奏效了，腓力二世和约翰受到了控制。

理查在圣地取得了辉煌的成功。几个星期后，他占领了抵抗十字军长达两年的阿卡，尽管他一到那里就被当地一种严重的热病击倒。他对夺回整个拉丁王国抱有很高的希望，他在那里待了一年多。1191年9月7日，他在阿苏夫前面的平原上取得了一场辉煌的胜利，击败了萨拉丁的骑兵。不幸的是，他推迟了进军雅法。当他最终在11月进军耶路撒冷时，冬雨毁了他的战役。于是国王开始和萨拉丁谈判。一个有趣的提议是，他寡居的妹妹乔安娜应该嫁给苏丹的兄弟萨法丁，他们应该作为耶路撒冷的国王和王后一起统治巴勒斯坦，所有的基督徒都应该被允许进入圣城。理查甚至还去找了萨法丁骑士，但乔安娜被这个提议吓坏了，并以宗教为由公开拒绝合作。1192年8月，理查在雅法再次击败萨拉丁，但马上就病倒了。最终，和平勉强维持了三年，被十字军重新占领的城镇得到保证，允许朝圣者有限地进入耶路撒冷。这个王国奇迹般的免于灭亡，终于有了一位国王，他就是埃莉诺的孙子，香槟伯爵亨利。理查终于在1192年10月9日离开了巴勒斯坦，他派乔安娜和他的妻子先行一步，告诉大家，他打算回英格兰过圣诞节。他留下了关于他的传奇：一个世纪后，阿拉伯的母亲们仍用这位骁勇的英格兰国王的名字来让他们的孩子安静下来，骑兵们也用这个名字来制服他们的坐骑。

国王完全有理由尽快回家。4月，他母亲就来信告诉他腓力二世入侵诺曼底，以及约翰如何密谋夺取王位。她请求他尽快回来。她似乎没有再写信来说明她是如何成功地应对了这些威胁。这也不能怪她，毕竟她想她最喜欢的儿子尽快回来。

但理查随后突然没了音讯，这使埃莉诺大为惊慌。在整个英格兰，人们都在为他点蜡烛祈祷平安。许多人怀疑他一定是在某场暴风雨中淹死在海上。大家都知道，他妹妹和妻子已经安全抵达布林迪西，正前往罗马。而国王的那艘船——"弗朗切尼夫号"，并没有船只随行护送，人们只知道它在塞浦路斯和科孚停靠过，然后显然是要开往马赛，尽管另一艘船曾在途中遇到它，还以为它是开往布林迪西的。事实上，国王的船只被一场风暴吹回了科孚岛。直到圣诞节时，国王的消息还没有传回英格兰。到了12月28日，鲁昂大主教的信使送来了惊人的消息：奥地利公爵在维也纳附近的某个地方逮捕了理查。

这真是一次名副其实的冒险之旅。在被吹离航线后，理查雇了两艘希腊海盗船作护航舰，沿亚得里亚海航行。他的船在拉古萨稍事停靠，但当他继续航行时，又遭遇了另一场风暴。在经过了波拉之后，受损严重的船只停靠在了弗留利海岸。他决定继续走陆路，尽管他在戈茨伯爵的梅纳德领地，但他是奥地利公爵的封臣。而奥地利公爵又是理查的死敌，理查曾在围攻阿卡期间羞辱过他：当公爵不服从他的命令时，理查让人把奥地利的大旗扔到地上，踩成泥浆。英格兰国王乔装成一个名叫雨果的商人，尽管最终被人认出来了，但他还是设法逃脱了追捕，最后却仍在维也纳附近多瑙河上的甘尼纳村被捕。他于12月21日在一个普通的酒馆里被捕，他当时打扮成了一个厨师，正假装转身吐痰。奥地利公爵利奥波德将他囚禁在杜伦施坦山顶的城堡里。

年轻的德国皇帝，霍亨斯陶芬的亨利六世，是一个极其残忍无情的自大狂，他梦想着建立一个统一的帝国。为了实现他的野心，他会不惜一切代价。他有充分的理由不喜欢英格兰国王。首先，理查与西西里的唐克雷德结盟，而亨利六世本人是唐克雷德王国的合法继承人。其次，更糟糕的是，理查是威尔夫党领袖、好斗的撒克逊的亨利的姐夫和密友，而撒克逊的亨利是霍亨斯陶芬王朝的死敌。因此，亨利六世野心勃勃地写信给法国的腓力二世，告诉他利奥波德已经逮捕了"扰乱你王国的英格兰国王理查"，并教训他要记住"自己在应许之地的背叛和恶行"。也许皇帝是希望这名囚犯能在与腓力二世达到协议方面发挥些作用，在1193年5月，他成功地迫使利奥波德公爵交出他宝贵的俘虏，以换取部分赎金，并将理查监禁在施派尔。

埃莉诺一听到理查被捕的消息，就立即接管了国家事务，尽管她并没有摄政王的头衔。她任命的人是新的执政大臣——她的老朋友库唐斯的沃尔特，在法律上他就是国王的官方代理人，他是那个时期典型的职业牧师。他曾是亨利二世的掌印官、鲁昂的财务主管，以及牛津的大主教和林肯的主教。他从1184年起就被任命为鲁昂大主教。正是沃尔特在1191年秘密发动了对威廉·伦夏的进攻，他说服约翰伯爵拉拢了英国的贵族们。沃尔特在幕后帮助组织反对伦夏的运动时，仍然假装是他的朋友，迪韦齐斯的理查德因此严厉指责了他那两面派的作风。后来，当他取代了伦夏的位置后，立即代表国王夺取了伦夏的土地。在后来的几年里，沃尔特会因为一些琐事与理查国王发生争吵，而在接下来的统治中，他转向了腓力二世。然而，埃莉诺毫不费力地利用了这位贪婪而又狡猾的牧师无可置疑的政治和行政才能。

在太后摄政期间，她还得到了其他优秀人才的支持。这些人中最重要的是能干的休伯特·沃尔特，他后来成了大法官和坎特伯雷大主教。休伯特是早期的一位法官拉内弗·格兰维尔的侄子，他是个高大英俊的东盎格鲁人，性格沉默寡言，行为有点专横。据他热情的崇拜者斯塔布斯主教说，"他所受的教育使他既能成为一名出色的律师和金融家，又能成为一名出色的主教和一名成功的将军"。休伯特的职业生涯开始于亨利二世的随军牧师，后来当过皇家法官和财政大臣。他的政绩得到了认可，并为他赢得了约克教区的管辖权，尔后又成为索尔兹伯里的主教。他曾以财务大臣的身份陪同理查参加十字军东征。在围攻阿卡城期间，他英勇地帮助病弱和饥肠辘辘的平民百姓，深受民众爱戴。遗憾的是，他还在从圣地回来的路上，直到第二年春天才回到英格兰。在随后的几年里，他表现出了天才的管理能力，他让"他的主人的手尽可能轻地压在人们身上"。尽管休伯特很强壮，但他的灵活和适应能力使他在与太后共事时毫无困难，在那些可怕的日子里，太后一定已经把他当成了力量支柱。

另一个有用的人是布列塔尼学者布卢瓦的彼得，他是巴斯的领班神父,后来担任伦敦的领班神父。从1191年起,他似乎一直在兼职担任埃莉诺的大臣或拉丁语秘书。这是一个至关重要的职位,因为所有的宪章和信件都是用拉丁语写的。彼得是一个学识渊博的人,当时的人对他的专业技能评价很高,以至于他的前雇主亨利二世还收集了他更多具有历史意义的信件(彼得也认为它们很好——海伦·沃德尔告诉我们,在其中一篇"他'谦虚'地得出结论,它们将在历史长河中留存下来")。他是一个很难相处的人,自负、迂腐,因得不到提拔而失望,但太后能够充分利用他那不容置疑的才能。

虽然埃莉诺此时知道她的儿子被俘了,但她并不知道他被关在哪里,也不知道那些俘虏他的人的具体计划是什么。因此她派了博克斯利修道院和罗伯特布里奇修道院的院长去德国寻找国王,而巴斯主教则直接去找皇帝了解他的意图。野史里流传着一个浪漫故事,说理查最喜欢的吟游诗人勃朗德尔,他一路跟踪国王到了杜伦施坦,并通过一首论争诗,在城垛下与国王相互唱和而确认了他的位置,这完全符合理查对奇幻作品的热爱。

与此同时,太后给教皇写了几封措辞严厉的信,由能说会道的文体家布卢瓦的彼得起草。她愤怒地抱怨说,逮捕她的儿子违反了《神命休战》这一神圣的传统,十字军本该可以自由来去。她指责教皇"当这个世界上的国王和王子合谋攻击我的儿子时,没有提供任何帮助",理查"被铁链锁住,而另一个人却在糟蹋他的土地……尽管一切都这么糟糕了,彼得的剑还藏在鞘里"。她哀叹年轻国王亨利和布列塔尼的若弗鲁瓦"睡在尘土中",而"他们不幸的母亲活在世上,被关于他们的记忆折磨着"。谈到理查,她继续说,"我失去了我这个年龄的拐杖,失去了我眼睛里的光芒"。她甚至暗示她将带来一场分裂,分裂基督教世界,"决定性的时刻即将来临,基督的无缝隙的长袍将再次撕裂,圣彼得的枷锁将被打破,教会将被分裂"。在一封信中,她称自己为"埃莉诺,因上帝的愤怒而发声的英国王后"。尽管收到了这些令人担忧的信件,现年八十七岁的策肋定三世年纪太大,胆子太小,仍是无法迅速采取行动。

不难理解，腓力二世和约翰听到理查不幸的遭遇后非常高兴，并立即开始利用这个绝佳的机会。前者占领了吉索尔，然后包围了鲁昂，但在这里他遭到了埃莉诺的老朋友莱斯特伯爵的挑战，后者讽刺地邀请法国国王进来试试他的殷勤款待。不过无论如何，腓力二世占有了韦克桑。约翰横渡英吉利海峡，召见诺曼底的贵族们到阿朗松与他会面，并承认他为他哥哥的继承人。但是贵族们对这一召见充耳不闻，于是他去了巴黎，在那里他自称是诺曼底和阿基坦公爵，甚至作为英格兰国王，宣布韦克桑投降，并与自己的妻子离婚，然后再与不幸的爱丽丝结婚。接着他带着一支雇佣军回到英格兰，驻扎在温莎和沃灵福德，试图占领其他王室要塞，他散布谣言说理查再也不会回来了，并试图说服英格兰贵族们加入他的行列。

作为一个精明的母亲和老练的政治家，埃莉诺完全能够预见到约翰会密谋造反，但是她并没有直接与她最小的儿子对着干，反而用巧妙的计谋击败了他。她和法官们召集了英国民兵。根据史学家的记载："在当时统治英格兰的埃莉诺王后的命令下，在复活节的受难周前后，贵族和平民，骑士和农奴，都拿起武器保卫面朝佛兰德的海岸。"约翰的大部分雇佣兵一上岸就被逮捕并戴上镣铐。约翰亲自率领一小群人秘密到达英格兰，并与一群威尔士雇佣兵交战。他和他的支持者随后在温莎和沃林福德安营扎寨。王后的人立即在温莎城堡包围了约翰，同时增兵攻击他所有其他据点。但他终究有一天会继承王位，而埃莉诺可能已经在英国贵族们身上发现了某种紧张的状态。约翰固执地坚持着。一切都取决于理查何时返回他的王国。

与此同时，1193 年 3 月中旬，两位修道院长发现了理查，当时他正被押送到莱茵河上的一个新监狱。他绝不是一个容易看管的囚犯，他主要的消遣就是对狱卒开一些令人不快的玩笑，做一些恶作剧，并设法把他们灌醉。3 月 23 日，英格兰国王出现在施派尔的皇家会议上，面对各种似是而非的指控，为自己辩护，之后他公开与皇帝交换了和平之吻。亨利六世受到了来自威尔夫（或反霍亨斯陶芬王朝）贵族们的强大压力，他们钦佩理查。同时也受到来自教皇策肋定三世方面的压力,策肋定三世因利奥波德公爵逮捕十字军违反了《神命休战》协定,而将他逐出教会。皇帝不打算过分夸大自己的能力,而且他非常需要钱。他太狡猾了,不会为了让理查同意接受赎金而虐待或折磨他:那只会损害帝国的声望。相反,亨利六世只是威胁要把他交给法国的腓力二世。

4月20日,休伯特·沃尔特终于回到了英格兰。他在从圣地回来的路上,经过西西里时,听到了国王被捕的消息时,他立刻到德国去寻找国王。找到理查后,他回到故土,带回了令人沮丧的关于国王的消息,大意是为了获得自由,国王可能需要一笔10万马克的巨额赎金,但也不能保证付款后国王就能立即被释放。

随后是理查的一封信,日期为4月19日,写给"他最亲爱的母亲,英格兰女王埃莉诺,以及他的法官和他在英格兰的所有忠实部下",信中写道威廉·伦夏在休伯特·沃尔特离开后已经说服皇帝同意在哈格瑙见理查,国王和皇帝已经达成了"一项坚固的互信互爱的条约"。该条约规定理查要支付10万马克的赎金,并为亨利六世马上要进行的打击西西里的唐克雷德战役提供军事援助。国王请求他的臣民慷慨地缴纳赎金,并下令采取一些非常实际的措施。教堂里所有值钱的盘子都将没收,每个男爵都要上交人质,而这些人在被送往德国之前由埃莉诺照管。权贵们的捐款登记簿需要转交给理查,这样他就可以知道"我们欠每个人的钱到底有多少"。重要的是,所有的钱都要委托给太后或由她提名的人。

埃莉诺和两个法官立即着手筹集赎金。这无疑是一项艰巨的任务。理查信中提到的数额确实太高了,这从皇帝亲自送给威廉·伦夏的"金牛"身上可见一斑。威廉·伦夏在1193年6月初在圣奥尔本斯举行会议时,把"金牛"交还给了英格兰大议会。从4月起,埃莉诺就一直在筹措这笔钱,现在她了解到这有多么艰难了,因为理查已经为他的十字军东征榨干了全国人民的血汗钱。在议会上,她满怀希望地任命官员来监督这一行动,并颁布了征收新税的法令;其中包括每个人年收入的四分之一都要上交,不管是神职人员还是普通人。每个骑士都要上交二十先令的费用（这在当时是一笔巨款）。还有，正如国王所命令的，全国所有教堂和修道院的金银盘子都要上交国家。熙笃会的修士，吉尔伯丁修士和白衣修士，他们既没有金子也没有银子，但拥有大量的羊群，因此他们将捐赠一整年的羊毛。诺曼底和英吉利海峡对岸的其他安茹王国也承受着这些严酷的征税。米迦勒节的时候，马车满载着宝藏，沿着泥泞的道路向伦敦驶去。这些宝藏将放在圣保罗大教堂的金库里，由太后和大法官封印。

结果，筹得的资金远远少于王后和议会的预期。许多人逃避或干脆拒绝纳税。贝里圣埃德蒙兹的院长萨姆森威胁官员说，如果他们胆敢抢劫他的圣殿，就会受到圣人的诅咒。尽管收税员们冷酷无情，他们还是不得不征收第二次和第三次税收。管理上也有很多混乱，这些钱不是由财政部管理的，政府也不清楚新税收和征税会带来多少收入，所以收税员们的账目不能被准确地审计。据纽堡的威廉说，征收税款的人偷走了大部分的钱。而且，纳税的人也毫无顾忌地低估自己的资产。

约翰伯爵就是趁乱打劫的人之一，他在自己的领地和庄园里肆无忌惮地征收税款，并中饱私囊。他仍然希望他的兄长永远不要回来。然而，1193年7月初，法国的腓力二世收到消息，根据皇帝和理查之间新的谈判，理查很可能会在年底前获释。他立刻警告约翰说：魔鬼被放出来了。惊恐万状的伯爵逃出温莎城堡，逃离英格兰，到诺曼底与腓力二世会合。即使这样，约翰也没有放弃从他兄弟的囚禁中以某种方式获利的期望。他与法国国王建立了新的联盟，如果法国国王愿意把他安置在理查在英吉利海峡法国一侧的领地，他愿意向法国国王提供东诺曼底和东图赖讷。他还传话给他在英格兰的支持者，命令他们一听说法国人入侵诺曼底，就起来反抗。然而，埃莉诺已经准备好了。她毫不费力地说服了议会没收约翰在英格兰的所有土地，并以前所未有的力度包围他的堡垒。诺曼底也同样忠诚。

被罢黜的财政大臣兼大法官威廉·伦夏引起了太后的一些担忧。当他回到英国传达皇帝的训诫和理查的命令时，他显然对重建自己的地位抱有很高的期望,但主教们不愿解除对他的驱逐令,伦敦拒绝接纳他,并锁上了大门。在圣奥尔本斯,大议会公开蔑视他,只有在他发誓现在只是以一个主教和信使的身份,"而不是以一个法官、使节或大臣的身份"行事之后才接受他带来的印玺和国王的命令。埃莉诺一如既往地洞悉民意,她不愿服从理查的命令,把这些年轻的人质交给伦夏带到德国去,她拒绝交出自己的孙子,因此,贵族们也违抗了国王的命令。他们推断他是一个贪婪的同性恋者,并说:"我们可能会让他照顾我们的女儿,但不会让他照顾我们的儿子。"太后很可能向理查抱怨过伦夏,因为理查很快就把他召回了。

1193年6月底,亨利皇帝和理查国王在沃尔姆斯进行了新一轮谈判,这让约翰和腓力国王大为震惊。经过四天的争吵,亨利六世和理查达成了新的协议:英格兰国王在支付了10万马克的赎金(最后提高到15万马克,其中5万马克是用来援助远征西西里岛攻打唐克雷德的),并得到二百名贵族人质作为其余人质的担保后,就可以被释放。那位还戴着银枷锁的前"塞浦路斯皇帝"将被移交给亨利六世;布列塔尼的埃莉诺——她是理查的弟弟若弗鲁瓦的女儿,将与奥地利的利奥波德公爵订婚,也就是擒获理查的人。当帝国的使臣于10月来到伦敦时,埃莉诺向他们展示了所需的10万马克银币——35吨贵金属——已准备好装船。

理查担心有闪失,于是他下令让太后亲自护送这些银币前往德国。一支舰队集结在萨福克港的邓尼奇,伊普斯威奇和奥福德。埃莉诺在奥福德美丽的小城堡里住了一两个晚上。这座优雅的多边形城堡是她的丈夫在11世纪70年代建造的,当时它是最新的军用建筑。如果她穿越到今天,这座城堡是英国为数不多的她还能认出来的建筑之一。12月,埃莉诺在忠实的鲁昂大主教库唐斯的沃尔特、其他贵族(包括威廉·伦夏)和200名年轻人质的陪同下,携着宝藏启航。她的舰队里挤满了士兵,以防海盗拦截如此诱人的货物。英格兰暂时由能干的新法官休伯特·沃尔特管理。

尽管冬季天气严寒,太后的航行似乎还算顺利。穿过北海后,她通过陆路继续她的旅程,然后又沿着莱茵河航行,最终在施派尔与她的儿子会合。在这里,她要和他一起庆祝主显节(1月6日)。但与此同时,亨利皇帝推迟了理查的释放日期——原计划是1194年1月17日——并威胁要推翻他们之间岌岌可危的协议。亨利六世改变主意的确切原因永远不得而知。最有可能的解释是,腓力国王和约翰伯爵愿意多给他10万马克的银币,只要他能把理查囚禁到下一个米迦勒节,他们希望到那时他们已经把理查的土地瓜分了。亨利六世可能有点幽默感,他把约翰的信拿给理查看。

在经过隆冬的长途跋涉之后,埃莉诺一定非常失望。自从1191年春天在西西里短暂的会面之后,她就再也没有见过她心爱的儿子。但她很快结束谈判的僵局,提出了一个巧妙的建议,这显示了她作为一名外交官的出色技巧。

亨利皇帝出了名的贪婪,他显然被腓力二世和约翰许诺给他的更多的钱财诱惑了。事实上,后者确信皇帝会接受这个提议,并派了一个信使去英格兰,命令他城堡里的居民为战争做准备。然而,亨利六世被帝国的王子们表达出的愤怒警醒;国王的监禁已经放松,他利用难得的自由在德国人中结交有用的朋友。理查的魅力和优雅对王子们产生了相当大的影响,他们已经对他在圣地的功绩印象深刻(也许就是在那个时候,他才开始被称为狮心王,不过关于他赤手空拳把攻击他的狮子的心掏出来的传说,恐怕还没有形成)。此外,亨利六世很清楚,腓力二世和约翰很难说是可靠的交易对象。随后,在美因茨举行的一场公开辩论中,英国国王以他的威严和口才,号召他们帮助一个在十字军东征中被抓获的人,这更加博得了王子们的钦佩。他的许多听众都流下了眼泪。

皇帝意识到放弃腓力二世和约翰的贿赂是明智的,但他还是想要一些其他的东西作为补偿。令英格兰人震惊的是,他要求理查作为他的封臣向他致敬。现在,埃莉诺出手介入了。她一直是一个现实主义者,她看到,接受这个屈辱但实际上毫无意义的条件,她的儿子就可以逃脱。于是,在她的建议下,理查摘下他的皮帽子,将它放在亨利皇帝的手中,作为封臣的标志。霍亨斯陶芬立即归还了它,并规定英国国王每年要向他进贡5000英镑。

1194年2月4日,理查终于获释,"他回到母亲身边,重获自由"。那些目睹埃莉诺与儿子团聚的人看到这一幕都哭了。毫无疑问,在她年老的时候,她显得可怕又可怜。的确,在其中一封写给教皇策肋定三世的疯狂的信件中,她曾以一种不习惯的自怜来描述自己:"一个衣衫褴褛、皮包骨头的女人,血管里的血已经流尽,眼泪还没流出眼眶就已经干了。"然后,她和理查一起沿着莱茵河愉快地前行,经过科隆和安特卫普,那里举行了盛大的宴会迎接他们。在科隆,大主教在大教堂里举行了感恩弥撒,祭文写得极恰当:"现在我知道主派了他的天使,把我从希律王的手中救出来了。"在场凡是识字的人,都知道那写的不是那一天的事。在安特卫普,他们是鲁汶公爵的贵宾。在整个旅程中,理查抓住尽可能多的机会与当地贵族结盟,特别是那些土地与法国国王领土接壤的低地国家的领主们。

最后,在3月4日,理查和埃莉诺从安特卫普乘坐"挖壕者号"启航。这艘小船由皇家海军上将特纳姆的斯蒂芬亲自指挥,他不得不雇用经验丰富的领航员带着它穿过沿海小岛,驶进斯海尔德河的河口。这是一个很长的渡口,这样做也许是故意的,目的是躲避腓力二世的船只的伏击。这艘小船被一艘威武的大轮齿船护送着从五港之一的莱伊港驶出。1194年3月13日星期日,理查和他的母亲在桑威奇登陆。此时距国王离开他的王国已经过去四年多了。国王的回归也意味着埃莉诺摄政时期的结束。

第十三章 代理朝政

第十四章　理查的回归

奥德修斯来了,把他带回了自己的家。

——荷马,《奥德赛》

他从长期囚禁中归来,这是他那些绝望的臣民们的愿望,而不是希望。

——沃尔特·司各特爵士,《艾凡赫》

理查和埃莉诺的船只驶进桑威奇时,大约是上午九点,太阳正发出一种奇异的红光,人们后来说,这是预示着国王的归来。他和母亲没有在桑威奇多逗留,而是直接骑马到达坎特伯雷,在那里听了牧师们的周日弥撒,理查在圣托马斯神龛前做了感恩祷告。

纽堡的威廉回想起理查的归来,他写道:"国王回来的消息,人们已经等待了如此之久,它在人们之间传递之快,比呼啸的北风还要迅速。"每个人都厌倦了这个令人感到不安的政府,厌倦了被一个像约翰伯爵那样无能的人统治。然而,并非所有人都欢欣鼓舞。约翰的支持者之一,圣迈克尔斯山的城主,实际上在听到这个消息后直接被吓死了。不过大多数人还是感到欣喜若狂的,似乎在罗宾汉的传说中保留了民众听闻理查归来时的反应,这些传说反映了他们在这件事上感到的快乐。也许沃尔特·司各特爵士笔下的《艾凡赫》离真相并不远。

> 伦敦为理查准备了盛大的招待会,
> 掏出过狮子心脏的理查,
> 在巴勒斯坦打过圣战。

街道上挂满了画和绿树枝。圣保罗教堂的院长拉尔夫·迪切托当时就在现场,他告诉我们国王在斯特兰德大街上受到了民众的热烈欢迎。在城里,理查被欢呼的人群簇拥着一路来到圣保罗大教堂,在大教堂又受到一大群神职人员的欢迎。一些一同来伦敦收取国王剩余赎金的德国官员,被民众的欢呼和伦敦城市的繁荣景象惊呆了。他们愤愤不平地抱怨说,他们原以为伦敦会因为支付赎金而陷入极度贫困,要是他们的皇帝意识到这个国家是这么富裕,他会要求更多的钱的——英国人的悲叹欺骗了他。

理查随后骑马前往位于贝里圣埃德蒙兹的殉难的东盎格利亚国王圣埃德蒙的神龛,向这位似乎是他最喜爱的圣人表示感恩。随后他去了诺丁汉,现在到了他彻底恢复秩序,并对付他兄弟约翰的支持者的时候了。

约翰的城堡之一诺丁汉仍在等待主人的到来,诺森伯兰郡的蒂克希尔也在等待主人的到来,蒂克希尔刚刚被达勒姆主教给予了统治权。这两个地方的守卫军相信了约翰的谎言,不信国王会回来。然而,在3月27日,当诺丁汉城的两名骑士出来,发现围攻他们的确实是理查时,城堡立即投降。而在这之前几天,蒂克希尔已经陷落了,约翰伯爵的叛乱被彻底粉碎了。在随后的诺丁汉议会中,太后也在场,国王传唤了他的兄弟,要求其在四十天内来见他,不然将丧失所有的土地继承权。与此同时,教皇策肋定三世迟迟没有回应埃莉诺的上诉,并将约翰和法国国王腓力二世逐出教会,因为他们违反了《神命休战》协议。

与此同时,1194年4月17日星期日,坎特伯雷大主教休伯特·沃尔特在温切斯特为理查加冕。埃莉诺坐在大教堂北耳堂的一个特殊的讲台上,被贵妇簇拥着,那场景仿佛置身于她自己的爱的宫廷。她一直是儿子的好管家,用斯塔布斯主教的话来说:"要不是理查在巴勒斯坦期间她展现出的卓越统治才能,要不是她对欧洲大陆施加的影响,英格兰早就沦为无政府主义的牺牲品,诺曼底早在安茹家族占领前就已经消失了。"即使她没有被再次加冕,她仍然以英格兰女王的身份观看了整个仪式。而更重要的是,贝伦加丽亚当时并不在场,而是远在普瓦图——这无疑使埃莉诺十分满意。

尽管英格兰人很忠诚,理查国王还是急于回到他最爱的英吉利海峡对岸的土地。仅仅在英格兰待了几周,他就征收了更严苛的税,卖掉了更多的官职。接着他召集了英格兰三分之一的骑士,跟随他前往法国。在4月22日,他离开温切斯特前往朴次茅斯,他和母亲在那里乘船航行,却被一场可怕的风暴刮了回来。最终,风暴减弱了,在5月12日,他们的船只与护送他们的一百艘船只组成的舰队继续航行。国王自此再没有踏上过英格兰的土地,尽管他还有五年的统治时光。埃莉诺自己也没有再去过英格兰。

这对王室母子在巴夫勒尔登陆,受到了诺曼人热烈的欢迎,盛况和他们之前受到英格兰人欢迎一样。他们经过诺曼底来到了卡昂和巴约,然后到了利雪,在那里他们在副主教阿朗松的约翰家里过夜。那天晚上,让神父感到尴尬的是,仆人告诉他,约翰伯爵正在门口"垂头丧气地忏悔着"。

法国的腓力二世对那些失去了土地的败北的同盟者不感兴趣。约翰伯爵的境况很狼狈,他只能寄希望于他母亲,希望她能试着平息他兄弟的愤怒。晚餐前,理查国王在房间休息,副主教走进他的房间,但他紧张得说不出话来。然而,理查立刻猜到是约翰在外面,"我知道你已经见过我弟弟了,"他说,"他不应该害怕,让他进来吧,不用怕。毕竟,他是我弟弟"。约翰走了进来,扑倒在地上,爬到国王的脚下,乞求他的原谅。"你不过是个孩子,"理查说,"你被误导了,你的顾问们应该为此付出代价"。国王的宽宏大量显然带有一种轻蔑的成分,因为那"孩子"已经快三十岁了。尽管如此,理查还是命人烹煮了一头肥壮的小牛犊,让约翰美餐一顿。这牛犊就像一条巨大的鲑鱼,是一个忠诚的诺曼人刚刚送给理查的。第二年,约翰归还了他的爱尔兰、莫尔坦和格洛斯特伯爵领地,以及他的荣誉封号。在此后的岁月里,约翰一直忠心耿耿。事实上,豪登的罗杰说得很清楚,他奇迹般的赦免完全归功于他母亲埃莉诺的恳求。但她的动机很难说完全出自母亲的天性。

理查想尽快重返圣地,遗憾的是,腓力二世想摧毁安茹帝国的决心,使之成为不可能。此后的岁月里,国王不得不在无休止的与法国人的边境战争中度过余生。埃莉诺现在年事已高,体弱多病,不能参加这些战争了,如果她年轻一点儿的话,她很可能也会参战。不管怎样,她一定对以"西欧最优秀的战士"而闻名的理查充满信心,相信他会比法国的腓力二世强得多。

她的自信也没有错。6月,理查把腓力二世赶出诺曼底,并迅速乘胜追击,导致法国国王不得不躲进路边的教堂里。与此同时,理查恢复了阿基坦的秩序,并收复了东图赖讷,不过像以往一样,在惩罚反叛的贵族们时犯下了暴行。虽然他没有夺回约翰向法国割让的所有领土,但也有充分的理由感到满意,因为在1194年11月,他与腓力二世达成了为期12个月的休战协议。

约翰现在正满怀热忱地为哥哥而战。5月,在埃夫勒,他将300名囚犯斩首,并将他们的头插在城堡周围的木桩上,试图恐吓他们投降。就连理查国王也吓了一跳,并因此斥责约翰。

第二年夏天,之前囚禁国王的皇帝亨利提议与理查结盟,并送给他一顶金冠以表诚意。他希望把法国变为帝国的附属国,并考虑联合英德入侵。听到这些消息,腓力二世再次入侵诺曼底。英法两位国王在沃德勒伊的一次会面以一片哗然而告终,腓力二世当场指责理查失信。后者气得追了卡佩王室好几英里。到了秋天,腓力二世攻占了迪耶普,烧毁了港口和港口里的英格兰船只。理查成功地占领了伊苏丹。于是,双方又达成了新的和平协议,把韦克桑和奥弗涅交给腓力二世,但理查保留了他新占领的领土。

1196年和平谈判的受益者之一是理查的前未婚妻——法国的爱

丽丝,她已经三十三岁了还没成婚,而在那个时代,王室公主通常在十二岁或十三岁就嫁人了。这些年间,她从鲁昂的监狱不断被转移到各个城堡,以防有人试图营救她。她同父异母的哥哥腓力二世,出于战略而非感情上的考虑,终于让她获释,并把她嫁给了蓬蒂厄的威廉伯爵。蓬蒂厄位于佛兰德和北部金雀花王朝之间。如果理查国王和佛兰德的鲍德温想要联合,他会是一个有用的盟友。不过无论如何,爱丽丝终于有了一个地位配得上她的丈夫。人们不禁怀疑,此时埃莉诺是否已从国家事务中退出,这才使得爱丽丝有机会免受终身监禁。

　　埃莉诺事先肯定知道并赞成的一桩婚事,是她的女儿——西西里岛的寡妇女王乔安娜的。图卢兹一直逃避被金雀花王朝统治,但对于卡佩王朝来说,只有获得它才能完成法兰西帝国的大一统。埃莉诺有权利成为它的合法继承人,很久以前,她的两个丈夫都曾以她的名义提出统治图卢兹。在1195年,雷蒙德六世继承了父亲的王位,但他并不是一个很理想的丈夫。他已经结过好几次婚了,因为喜新厌旧而不断结婚再离婚的不道德行为而被逐出教会。现在理查说服他娶乔安娜作为他的第四任新娘,并给了她阿让作为嫁妆。这并不是一桩幸福的婚姻,但人们对于一个如此不信基督教的人也没抱有什么期望,他竟然把自己的一位前妻关在阿尔比教派完美主义者的房子里。那是一座摩尼教修道院,在那儿人们实行严格的禁欲。雷蒙德本人却肆无忌惮,他有一整个后宫。尽管如此,乔安娜还是给他生了一个继承人儿子——未来的雷蒙德七世(他后来会被阿尔比教派十字军所害,他们开展的一场大屠杀毁灭了普罗旺斯文明和吟游诗人)。即便如此,图卢兹还是一个很有价值的盟友。

　　在理查归来后,继续令埃莉诺担心的可能还是继承问题。她似乎已经对康丝坦斯公爵夫人产生了强烈的反感,康丝坦斯公爵夫人是假定继承人布列塔尼的亚瑟的母亲。尽管法语无疑是她的母语,但这位公爵夫人与法国北部的女性都很不一样,她的大部分布列塔尼臣民仍然说凯尔特语。她与若弗鲁瓦·金雀花的婚姻并不是特别幸福,因为若弗鲁瓦性情乖戾、扭曲,但康丝坦斯仍将经历更糟糕的事情。当若弗鲁瓦死后，亨利二世把她嫁给了切斯特的拉内弗伯爵，伯爵也因此立即获得了布列塔尼公爵的头衔，但康丝坦斯在老国王死后被布列塔尼人逐出了公国。1196年，康丝坦斯在去理查宫廷的路上被拉内弗抓住并囚禁在他的一座城堡里。最终这对夫妇达成了某种协议，但后来他们又闹翻了，并于1199年离婚。谣传拉内弗是被约翰伯爵对她的色欲激怒。埃莉诺对公爵夫人的厌恶可能是因为如果亚瑟继承王位，布列塔尼的摄政王康丝坦斯，可能也会成为英格兰和整个安茹王朝的摄政王。但几乎可以肯定，她的敌意中含有个人好恶的因素。

了解更多关于康丝坦斯的情况会很有趣，但史料告诉我们的很少。她很可能是个和埃莉诺一样强势的女人，因为康丝坦斯也是一位女继承人，她因为婚姻失去了遗产，又通过她的儿子重新获得了遗产。莎士比亚对她的描述惊人的可信，尽管这些描述只是基于霍林斯赫德对不可靠的史料的模糊注解。在《约翰王》中，他描绘了一位母亲拼命地试图从死敌手中拯救自己的孩子。我们可以肯定，雄心勃勃的康丝坦斯认识到亚瑟的存在对约翰和埃莉诺都是一个威胁。

太后正在寻找另一个继承人。很明显，她无视约翰，尽管他是她的亲生儿子。她太了解他了，因此不能相信他。她最后选择了玛蒂尔达的另一个孙子——不伦瑞克的奥托。1196年春，经批准，他被封为阿基坦公爵。事实上，奥托可能已经被承诺继承整个安茹帝国，包括英格兰。但是奥托因为被选为皇帝而丧失了自己的资格。埃莉诺真希望理查还能活很多年——也许一直活到她自己去世后很久。

到12世纪90年代后期，看起来埃莉诺对她最爱的儿子的信任并没有被辜负。理查和贝伦加丽亚并不住在一起，后者似乎被迫住在远离宫廷的曼恩庄园里，但这样至少使埃莉诺没有了嫉妒的理由。史料证实理查在这一时期正变得越来越受人尊敬。他每天都很虔诚地去听弥撒（尽管他由于对腓力国王的憎恨不愿领受圣餐），施舍穷人，尊敬牧师，甚至开始归还为支付他的赎金而被没收的教堂餐盘。

然而，他对牧师的冷嘲热讽和他母亲在盛年时一样。当传教士纳伊的富尔克指责他生性傲慢、贪婪和好色时,理查的反驳不亚于威廉九世:"我把我的傲慢献给圣殿骑士团,把我的贪婪送给熙笃会教徒,把我的好色之名献给教会的王子们的淫欲。"没有任何故事能更生动地说明他是多么深得埃莉诺欢心的一个儿子,但和埃莉诺一样,他也并没有迫害神职人员。

　　理查——埃莉诺称他为"伟大的人"——正是太后想要的继承人。凭借他作为军人和政治家的天赋,他似乎肯定能击败法国的腓力二世,使安茹帝国永垂不朽。但现在埃莉诺在远处观察着。

第十五章　丰特夫罗

神的启示使我想去丰特夫罗的修女院看看。

——埃莉诺王后的特许状

神啊！我的神啊！求你应允我这寡妇。

——《犹滴传》

理查森博士是研究埃莉诺书信和史料的权威专家，他指出，关于埃莉诺在1194年6月至1199年4月期间的生活记录几乎没有。事实上，她已经隐居到她最喜欢的丰特夫罗——一座位于图赖讷和安茹交界处的修道院，她曾在这里度过一些平静的岁月。她没有回到普瓦捷，而是来到了这里。她显然希望自己死在这里。她与维埃纳河畔的丰特夫罗的关系揭示了太后性格中意想不到而又迷人的一面，这是了解她中老年时性格的关键。

修道院的建立几乎是偶然的。11世纪末，一位来自布列塔尼的流浪传教士——来自阿布里斯尔的罗伯特，在喷泉附近的一小块土地上建立了一个小社区，也就是丰特夫罗小屋和小教堂。男人和女人分开生活，前者耕种土地，后者沉思祈祷。与此同时，罗伯特本人继续他的流浪和布道，主要活动范围在安茹和普瓦图。根据他最早的传记作者布尔格伊的鲍德里的说法，他最关心的是成为"所有孤独或迷失的人的向导和慰藉"。罗伯特是个很有魅力的人，他的布道也很鼓舞人心，吸引了越来越多的人来到他的社区，尤其是穷人、病人、乱伦者、小妾、麻风病人和老弱之人。这个时期涌现了许多新的修道会，丰特夫罗与众不同之处在于加入它的妇女众多。

罗伯特不在乎他们来自哪里。在鲁昂，他改造了一整座妓院，那里的人都跟着他回家。他的社区变得如此之大，以至于他不得不划分，建立其他定居点。丰特夫罗本身就有三百名妇女，和男人数量一样多。罗伯特找到了许多有钱的赞助人，因此有能力在丰特夫罗建造一座大修道院和附属的小修道院。他以圣本笃会的教规为基础，提出了一条新教规，相较旧教规，有惊人的创新。每一所房子都是由男女组成的双重社区——修士、普通弟兄和修女，罗伯特认为后者是最重要的。领导新修道会的是一名修女，丰特夫罗的女院长。她必须是一名寡妇，因为寡妇是贞洁的，同时又是具有母性的，善于与人打交道，管理房屋和财产。各个小修道院的院长也是修女。这一规定使修士和非神职人员完全服从女院长和执事修女们的管理。

在1116年，罗伯特弥留之际说："我所建造的一切，都是为了修女们。我为她们付出了一切：我的生命，我的服务，我的门徒。"他想帮助社会上所有的女性受害者，特别是那些曾受到男性虐待的女性。此外，他还希望不仅为贫穷的女人和妓女提供避难所，也为高贵的女士提供避难所。在他那个年代，娶个出身高贵的女人是男人获得地位和财富的最快途径，也是建立王朝的最可靠手段，埃莉诺王后对此再了解不过了。男人娶了女继承人，然后又抛弃她们去娶更有钱的人，这就是为什么很多婚姻都在禁止结婚的血缘范围内，因为这可以作为日后离婚的理由。如果她们的丈夫殴打她们或另找小妾，她们根本无法得到补偿或逃脱。

从一开始，罗伯特就把他的修女们分成不同的群体，麻风病人和妓女显然需要不同对待。出身高贵的女士们也要分开居住，她们可以成为修女，保有女仆，也可以住在修道院自己的公寓里。在这两种情况下，她们都能保留自己一定的等级和地位。用美国现代历史学家艾米·凯利的话来说，在丰特夫罗，"世界上的等级制度在那里是被尊重的,嫁妆珍贵、地位高贵、官衔尊贵"。此外,罗伯特坚持认为修道院女院长应该属于某个大贵族家庭,以确保修道院享有最高的社会威望和影响力。事实上,第二位女修道院院长的地位并不亚于安茹的玛蒂尔达。她是英格兰国王亨利一世在白船号上被淹死了的儿子威廉·阿瑟林的遗孀。埃莉诺和她很熟,在文件中称她为"我的姑妈"。

法国各地曾经遭受或正在遭受虐待的妻子们纷纷逃到这个避难所,在这里她们可以恢复自尊和尊严,得到同情和精神上的安慰。其中就有埃莉诺的祖父威廉九世的两个妻子,她们因为威廉九世的粗暴对待而逃到了丰特夫罗。另一位是蒙特福特的贝特拉达,安茹伯爵夫人,法国国王腓力(路易七世的祖父)的情妇,她在那里做修女,最后死于苦行。

新规的贡献是革命性的,在那个时代,人们一直认为女人和魔鬼一样邪恶;圣伯纳德曾经写道,"与一个没有危险的女人生活比把死人复活更困难",并认为贵族妇女是最糟糕的。他居然说自己的妹妹是坨屎。只要看看罗马式雕刻中的蛇形诱惑,你就会发现这种恐惧和厌恶在当时虔诚的基督徒中是多么普遍。相反,丰特夫罗有意识地以圣经中圣母玛利亚和圣约翰的例子,来建立新的规范,圣约翰遵照十字架上耶稣的话把她带进了自己的家,耶稣说:"女人,看着你的儿子!"对约翰说,"看着你的母亲"。修道会修女的教堂总是象征性地献给圣母,而讲演厅则献给圣约翰。

在12世纪丰特夫罗就已经被广泛认为在提高妇女地位和维护妇女权利方面起着重要作用。它的整个理念向大众展示了这里的人的个性和他们作为人类的价值。事实上,女修道院院长或女主人很可能是罗伯特有意为吟游诗人歌颂的夫人或女主人提供的宗教上的对应。在那个时代,情妇也仅仅只是被视为性对象而已。一些文学史学家(如雷托·贝佐拉)认为,由于丰特夫罗的创举,女性观念有所转变。这种女性观念的变化,从威廉九世的转变上可见一斑,起初他是一个愤世嫉俗的享乐主义者,早期的诗都是肉欲的、粗鄙的,但在后来的一首诗中,他歌颂了贝雅特丽齐的魅力,说她太崇高了,以至于不能被占有。

可想而知，丰特夫罗的教规非常受欢迎。最终，它在法国拥有 100 个附属修道院，在英国有 3 个，这些修道院的建立也要归功于埃莉诺的鼓励。它们中的修女大多来自贵族家庭。甚至在 18 世纪，路易十五就把他的女儿们送到丰特夫罗去受教育。就像凯利女士说的，圣母修道院是贵族女士们的避难所，她们的世俗命运已经终结——她们要么是动荡环境下国王、王子和贵族们的累赘，要么是让贵族家庭难堪的多余公主。

丰特夫罗所秉持的一些理念一定深深地吸引了埃莉诺，因为她自己就曾经被男人剥削和抛弃。她在修女中有很多朋友和亲戚，她应该从很小的时候就知道修道院的一切，以及它展现出来的新的、独立的女性概念。据了解，她在 1146 年就向它捐赠过，早在她参加十字军之前。

此外，尽管她早年举止轻佻，圣伯纳德和某些编年史家对她也有疑虑，但埃莉诺无疑是一个虔诚的基督徒。这并不仅仅是因为她对丰特夫罗的支持，使其成为女性的避难所。修女和修士的热忱，修道院的纪律分明，也都让她明了这一点。修道士不能进入修女们的修道院，即使是给一个垂死的女人做最后圣礼，也必须把她抬进修道院的教堂。很明显，埃莉诺非常重视社区的祈祷。

1168 年，她的儿子约翰才一岁的时候，她就把他托付给了丰特夫罗修道院，由修女们抚养。很可能正是在她的鼓动下，亨利二世才如此慷慨地捐赠修道院，丰特夫罗似乎也成为他最喜欢的宗教场所之一，而且他最后的确被葬在那里。

从 1152 年起，埃莉诺在自己遇到危机或重大事件时都会向丰特夫罗捐赠。在她与亨利结婚后的那一年，她在一份特许状中声称："神的启示使我想到丰特夫罗修女院去看看，由于神的恩典，我终于成行。神把我带到了丰特夫罗，我踏进修女院的门槛，在那里，我满怀深情地赞成、承认和肯定了我的父亲和我的祖先对丰特夫罗教堂所作的一切贡献。"1170 年，理查被封为普瓦捷伯爵，她给这座修道院捐赠了，1185

年她又捐赠了一次（可能是为了纪念她与亨利的部分和解）。1199年，就在她儿子被葬在那里的同一天，她又捐赠了一次，她请求修女们"为她亲爱的儿子理查国王的灵魂祈祷"。

此外，在1199年那不幸的一年里，她其中一个女儿——图卢兹的乔安娜到丰特夫罗去当了修女。乔安娜被雷蒙德伯爵的不忠和他的骚动臣民的反叛搞得筋疲力尽。尽管伯爵夫人怀孕了，她还是义无反顾来到丰特夫罗。她病得很重，几乎不能立誓，不久就死去了。她的孩子在她断气后出生了，但也随即死去。太后把他们埋葬在了修道院里。

1194年，理查国王从囚禁中回来后不久，埃莉诺本人也住进了丰特夫罗，但不是作为一个修女。她来到这里，大概是因为这里能够为她提供合适的住宿环境，当时大多数大修道院都有招待王室客人的习俗。此外，它还是一个很好的监听地点，靠近希农，是图赖讷和安茹的行政中心，也是法国安茹帝国的中心。在这里，她可以很方便地监视政治局势，并监督她的大臣、城堡堡主和管家。她还可以建设一个安静而私密的女性宫廷，免受公众生活的烦扰。那个时候，她唯一牵挂的只有儿子理查了，对除了儿子以外的其他男人都不屑一顾。理查经常待在希农，也经常来看她。太后似乎与所有女修道院院长关系都很密切。最重要的是，对一位上了年纪的女士来说，这是一个绝佳的地方，可以让她的灵魂为死亡做准备。她偶尔会外出，但最后总是会回到这个家。

在革命中，修道院被洗劫一空，金雀花家族的遗骨被挖出来，散了一地，建筑物也被翻了个底朝天。然而，到了20世纪60年代，囚犯们被从丰特夫罗迁出，以便彻底恢复修道院的原貌。这是一个杂乱的建筑群，其中一部分是16世纪或更晚期的建筑，大部分已经难以辨别。但即使是今天，埃莉诺也一定能认出教堂和厨房。教堂是一座壮丽的罗马式神庙，于1119年落成，它有一个真正庄严的中殿，两侧有宏伟的圆柱，由四个巨大的穹顶照亮。厨房是12世纪遗留下来的最奇特的建筑物之一,从形状上看,它是一个双八角形,顶部是一个巨大的中央烟囱,周围是 20 个较小的烟囱。这个厨房不仅为当地居民提供食物,也为客人和旅客提供食物,最多可供应近一千人的餐食。

第十六章　理查之死

> 在拉玛听见号咷痛哭的声音。拉结哭他儿女,不肯受安慰,因为他们都不在了。
>
> ——《耶利米书》

> 在这位慷慨、鲁莽、浪漫的君主的一生中,他的雄心和慷慨所建立的所有功绩都消亡了。
>
> ——沃尔特·司各特爵士,《艾凡赫》

腓力二世(有时也被称为奥古斯都,因为他生于8月)无疑是法国最有活力、最成功的统治者之一。然而就像法国许多伟大的君主一样,他缺乏吸引力。他生性狡猾贪婪、胆小多疑,完全没有理查的骑士精神,其他方面也不够理想。他是个差劲的士兵,连骑马都不会。他没空欣赏音乐或做吟游诗人。他看上去不像国王,倒像个农民,矮矮胖胖,红脸庞,头发乱成一团,邋里邋遢的。没有人能比他更迥异于理查了。然而,腓力国王也是一个极端的现实主义者,具有法国人的务实精神,知道如何扮猪吃虎。他唯一的目标就是扩大卡佩王朝的领地,他以狂热的决心专注于此,没有任何事情能阻碍他。他是埃莉诺最可怕的敌人,她永远不会知道,那个她拒绝了的丈夫的儿子最终赢得了这场战争。

在12世纪90年代中期,理查似乎顺风顺水。他与佛兰德、布洛涅、埃诺和图卢兹伯爵结盟，甚至与皇帝结盟，势力范围包围了腓力二世的领土。此外，现时和平的诺曼底和阿基坦为战争提供了雄厚的财力支持。理查军事力量的象征是盖拉德城堡，这座城堡建于1196年，坐落在塞纳河右岸高崖——"安第斯之岩"，也许建造灵感来源于他被囚禁在德国时的山顶据点或在圣地见到的伟大城堡。它的名字意味着"华丽的城堡"，它的存在对法国国王实现他的野心形成了阻碍和侮辱。它正好封锁了通往鲁昂的路。腓力二世第一次见到它时，颇感震惊，但他还是勇敢地开玩笑说："就算它是铜墙铁壁，我也要发起猛攻。"理查的回答非常符合他的个性，他说："上帝啊，即使城墙是用黄油砌的，我也还是会守住的。"它成为他的行政中心和战略中心，是法国安茹王朝的象征。

1197年，两国国王再次开战。腓力二世设法夺走了欧马勒（Aumâle），但理查也有收获——招揽了大量人才。他雇用了雇佣兵和受薪的专业人员，这些人或多或少组成了常备军队。其中包括弩手伊沃这样的技术专家——弩是当时的新式武器——以及他从圣地带回来的那些知道如何在原始火焰喷射器中使用希腊火药的人。他的其他雇佣兵也不容小觑，即使他们原是一群不法之徒：土匪或叛变的牧师。其中许多人来自佛兰德和布拉班特，他们的绰号是布拉班顿。他们中有一些优秀的指挥官，比如来自佩里戈尔的凶猛的梅卡迪尔。

5月，约翰伯爵俘虏了腓力国王的堂兄——德勒的菲利普，他是博韦的主教，而理查则在奥弗涅稳步挺进。到了8月，腓力二世试图解救被佛兰德伯爵围困的阿拉斯，却不得不狼狈地撤退。事实上，法国各大封臣非但没有向法国国王伸出援手，反而开始与理查结盟，或者干脆袖手旁观。腓力二世连忙讲和。他的领土被麦卡迪埃严重破坏，麦卡迪埃可怕的雇佣兵到处烧杀劫掠，连教堂和牧师都不放过。

1198年，战争在诺曼边境再次爆发。在吉索尔附近，理查给了腓力二世关键的一击。战斗过程中，理查还亲自用一把长矛把三个法国骑士打下马来。腓力二世慌慌张张地骑着一匹名叫莫雷尔的老马越过埃普特河。他之所以选择这匹马，是因为它骑起来更方便，可是桥塌了,他、莫雷尔和骑士们都掉进了河里。二十个人淹死了,腓力二世自己也费了好大的劲才逃生。理查在给达勒姆主教的信中夸口说,"法国国王那天喝了河水"。一百名法国骑士被俘,这是腓力二世迄今最大的损失,英格兰国王也重新征服了整个韦克桑。

从埃莉诺退居到丰特夫罗以来,她就不再干预政事,但这一次她却罕见地介入了。博韦的主教——德勒的菲利普仍然被关在盖拉德城堡的一个地牢里。教皇使节——红衣主教卡普亚的彼得要求理查释放他,理由是监禁主教违反基督教法律。国王怒斥红衣主教,说他在被俘期间,教皇从来没有帮助过他,主教和强盗没有什么两样,红衣主教自己就是卖国贼、骗子。最后,他叫彼得滚出去,再也不要让他看见彼得。但太后显然已经对新教皇英诺森三世采取了措施,后来的历史证明了他是中世纪最令人敬畏的教皇。她安排博韦主教逃跑,甚至给他提供了避难所。她非常聪明,不会让她的儿子把教皇推到敌对阵营中去,她也准备好了勇敢地面对国王的愤怒。

考虑到腓力二世的婚姻状况,埃莉诺的干涉显得更加精明。鳏夫决定再婚,他的选择是丹麦国王的妹妹——十五岁的英格堡公主。不过,尽管她是位绝美的姑娘,在举行婚礼的时候,腓力二世却突然对她产生了一种生理上的反感,他觉得这种反感是无法克服的。他几乎立刻就开始公开地寻找新的配偶。可怜的英格堡留在了法国,并向罗马上诉,罗马立即驱逐了法国国王。尽管如此,1199年,腓力二世还是迎娶了一位蒂罗尔女子,艾格尼丝。她给腓力二世生下了几个孩子,而英格堡则继续在苏瓦松的一所修道院里受折磨。英诺森三世很难容忍一个受膏①的国王犯下如此明目张胆的罪行。

腓力二世在世俗事务上的麻烦已经够多了。1197年,尽管亨利六世成功征服了西西里,但他去世得太早了。亨利的继承人是他的儿子,西西里襁褓中的国王腓特烈二世——"世界的奇迹",他总有一天会震惊整个基督教世界。但腓特烈现在还只是个婴儿,而德国王子们

---

① 受膏:以油或香油抹在受膏者头上,使他接受某职位。

已经厌倦了恐怖的霍亨斯陶芬家族。1198年,理查亲自参加了科隆的皇帝选举,并确保他的侄子——不伦瑞克的奥托当选新皇帝。在国王被囚禁的最后几个月里,他与德国贵族们的友谊变成了极大的优势。埃莉诺的另一个孙辈获得了一个王位,尽管他不得不放弃阿基坦,不能再继承安茹王朝。此外,奥托四世娶了洛林公爵的女儿,因此对腓力国王的北部边境构成了潜在的威胁。

到了1199年,尽管腓力二世能力卓绝,卡佩王朝扩张的希望已经非常渺茫。理查是一名比他父亲能干得多的战士,英格兰和安茹王朝都在他的铁腕统治之下。他的盖拉德城堡既是防御的象征,也是侵略的象征。尽管英格兰国王的封臣们一如既往地难以控制和反叛,但他们越来越尊重他的军事才能,法国各大封臣中也有越来越多人准备加入金雀花王朝,反对被教会宣布为非法的君主腓力二世。虽然理查已四十二岁(对一个中世纪人来说已是中年),但他显然身体很健康,摆脱了在位初期和十字军东征期间所有折磨他的疾病。他似乎随时都可能给法国国王带来灾难性的逆转。

1199年初,一位利穆赞农民在离利摩日不远的查罗斯耕田时,发现了一个珍贵的高卢罗马宝藏群。里面有一个金制的国王或皇帝与家人坐在桌旁的模型。农夫把它交给了他的主人,查罗斯的阿迦德,随后阿迦德的领主利摩日子爵声称拥有它。关于宝藏的流言四起,很快就传遍了法国。利摩日的埃玛尔是理查的封臣,国王按照封建法律的规定,要求子爵立即将宝藏移交给他。子爵愿意交出一半,但不能再多了。这个奇妙的宝藏就留在了查罗斯。

理查急需钱财。他的雇佣兵因缺乏报酬而哗变,给安茹王朝和腓力国王的土地都带来麻烦。曾经如此忠诚的诺曼底被过度征税逼到了叛乱的边缘。大约正是在这一时期,国王写过一首轻佻的诗歌,献给奥弗涅的太子,嘲笑他的贫穷:

希农没有银子,也没有一分钱。

不难想象，理查下定决心要得到在查罗斯找到的所有的珍贵宝藏。子爵提出的方案激怒了他，更坚定了他的决心。他不顾此时是传统意义上的休战季节，仍然继续向查罗斯进军，围攻了城堡。

查罗斯只有 50 人的驻守军，主要由少数骑士率领的农民组成。他们愚蠢地决定反抗国王，并派人去找利摩日子爵来解救他们。理查预料到要摧毁这个乡村堡垒不会有什么困难，于是他手下熟练的工程师开始破坏城墙，效果显著。3 月 25 日傍晚，国王和麦卡迪埃吃过晚饭后，骑马去看工程进度，弓箭手从城墙上向他们射击，但理查依靠盾牌保护着自己。可是突然，一支弩箭击中了他的肩膀，就在脖子的下面。他平静地骑马回到住处，因为他对受伤并不陌生。然而，当外科医生拔出箭时，箭轴断裂了，箭头似乎已经钩住了国王的脊柱。经过一番艰苦的手术，他们终于把它挖了出来，但身体内仍残留有铁块。坏疽开始了，理查意识到自己快要死了，于是派人去请他的母亲。

埃莉诺此时正在丰特夫罗过大斋节，她立刻在杜培尼的院长的陪同下赶来了。她还派丰特夫罗的玛蒂尔达女修道院院长去找约翰伯爵，并通知贝伦加丽亚王后。国王为死亡做了教化性的准备，公开忏悔曾背叛父亲，忏悔在大斋节发动战争，忏悔因憎恨腓力二世而拒绝领圣餐。他还宣布，准备在炼狱中等待，直到迎接最后的审判来赎罪。然后他接受了圣餐，这是他自十字军东征以来从未做过的。当城堡倒塌时，那个向他射中致命弩箭的年轻十字弓手被带到他面前。"你杀了我父亲和我哥哥，"男孩挑衅地说，"你想怎么处置我都行，我不觉得抱歉。"但理查原谅了他，说："你放心离开吧，我原谅你，我不会复仇。享受日光吧，把它作为我赠与你的礼物。"太后"如风般降临"，理查于 1199 年 4 月 6 日晚死在了她的怀里，一天结束时，他的生命也随之结束。国王要求将他的心脏安葬在他"忠实的城市"鲁昂，离他的兄弟亨利很近。他的遗体被葬在丰特夫罗，葬在他父亲的脚下，以表示他对曾经反叛过他父亲的悔恨。

理查一世是埃莉诺后代中最出色的一个。她毫不夸张地称他为伟人。吟游诗人和编年史家对他表示了许多敬意。高泽尔姆·费迪特，一位国王的门徒，在一篇文章中哀叹道，"再也不会有像理查那样慷慨、礼貌、勇敢的人了"，并把他比作亚瑟王和查理曼大帝，甚至是亚历山大大帝。尽管理查性格上有残忍、乖张、奢侈的缺点，但毫无疑问他是一位伟大的战士、一位真正辉煌的人物。从斯塔布斯开始，现代英国历史学家对他批评颇多，因为他们对他对英格兰和英格兰人缺乏兴趣感到不快，理查认为英格兰人只不过是金钱和军队的来源。尽管如此，当时的英格兰人还是对他忠心耿耿，他的政府在英格兰还是坚定而高效的。在巴勒斯坦和法国，他作为一名军人和政治家无疑也是成功的。

  作为埃莉诺的儿子，这是理查的幸运也是他的不幸。虽然他不如母亲聪明，但在许多方面他都像一个男版埃莉诺。他们都是真正的拉丁人，来自南方，与法国北部毫无共同之处（在当时，普瓦图人几乎不被认为是北方人），更不用说英格兰人了。他们都是现实主义者，很有主见，贪图权力，都是冷酷而又狡猾的政治家和外交家，尽管在某种程度上，理查缺乏他母亲的自控力和怀柔手段。他也是吟游诗人的赞助人，自己本身也是吟游诗人，这一定使埃莉诺感到高兴。他也像她一样，在人际关系上既宽宏大量又苛刻，轻佻爱挖苦人，有玩世不恭、刻薄的性格，但同时又是一名虔诚的基督徒。最重要的是，虽然没有相关证据，人们还是怀疑理查过于恋母，他也为此付出了代价。他对母亲的尊敬和钦佩使他对其他女人缺乏兴趣。这至少在一定程度上解释了他为什么会是同性恋，以及他夸张的骑士精神和独特的个人崇拜。

  对埃莉诺来说，理查的去世给她带来了巨大的打击，对于她来说是"失去了我这年纪的权杖，失去了我眼睛里的光芒"。有人指出，在提到约翰的文件中，她使用了正常的心爱的（dilectus），而在那些提到理查的文件中，她使用了最亲爱的（carissimus）这个词，这显然不是偶然的。她亲自安排他葬在丰特夫罗，林肯的圣休为他唱安魂曲。为了确保修女们祈祷，她还给了一笔丰厚的捐赠，每年都有一笔钱用来支付修女们的日常修习。此外,她还向其他修道院大量捐赠,为他的灵魂祈祷,并送给他的王室成员许多贵重的礼物。几年后,有人发现她还在给国王的一个厨师罗杰送礼物。即便承受着丧子之痛,太后也绝不是一个会仅仅浪费时间哀悼的女人,她对权力的渴望几乎和她对心爱儿子的爱一样强烈。

第十六章 理查之死

第十七章　约翰国王

> 你拥有的这么多,并不是你配得的。否则,一定是你我都出了问题。我的良心在你耳边低语:只有上天、你和我能听到。
>
> ——莎士比亚,《约翰王》

> 难道你不知道无情的阿格利皮娜吗?
>
> ——拉辛,《布里塔尼古斯》

约翰伯爵将成为英格兰王国新的国王和安茹王朝的君主。当然他还有一个竞争对手——十二岁的亚瑟,布列塔尼公爵。在封建法律中,亚瑟在某些方面拥有更有利的继承权利。他是亨利二世第三个已成年的儿子的儿子,而约翰只是第四个儿子,有段时间理查曾把亚瑟公爵当作他的继承人。然而,理查在弥留之际却指定约翰为他的继承人——至少,根据约翰的密友和支持者,布劳斯的威廉(当时在场)和埃莉诺的说法是这样。

人们猜测埃莉诺对更改继承人的这件事起到了主导作用,甚至有可能是她刻意纵容歪曲了理查的遗言。毋庸置疑,她反对亚瑟的理由很多。亚瑟的母亲康丝坦斯是前布列塔尼王朝的女继承人,她反感金雀花王朝,即便她有一个属于金雀花王朝的孩子。她曾与法国的腓力二世密谋对抗理查,1196年,她的军队与英格兰国王作战。当然,如果亚瑟继承了他叔叔的王位,这一切都会改变。另一方面,在母亲的支持下,约翰是最有可能保持安茹帝国完整的人。康丝坦斯在布列塔尼和曼恩之外鲜为人知,只有埃莉诺能守住普瓦图和阿基坦。此外,在安茹王朝不同领地上的封建继承法各不相同:在一些地区,约翰作为已故国王的弟弟更有条件主张继承王位的权利。

威廉·马歇尔元帅的近现代传记作者讲述了他心目中的英雄与坎特伯雷大主教和大法官休伯特·沃尔特之间关于继承权的一段发人深省的对话。大主教起初支持亚瑟,但威廉认为这位年轻的公爵:"没有很好的顾问,而且生性傲慢、暴力。如果我们让他做我们的主人,我们会后悔的,因为他不喜欢英格兰人。"这位伟大的战士说服大主教,约翰是唯一可能的人选。尽管如此,休伯特告诉威廉,"你会后悔这个决定,比你一生中的任何决定都要后悔。"亚瑟还只是个孩子,看来威廉·马歇尔不信任的不是亚瑟,而是康丝坦斯。这可能与威廉和太后的交情有关,在他还年轻时,他与太后的关系就很亲密,太后是提携他的恩人。

埃莉诺对约翰的偏爱恰恰反映了她对权力的持久渴求。也许她对约翰没有什么好感,更不用说相信他的能力了。但如果亚瑟成功继位,她肯定会被康丝坦斯取代,失去一切影响力。更糟糕的是,她可能会失去她费了好大劲才恢复过来的普瓦图和阿基坦。埃莉诺不是那种能和儿媳和平相处的女人,除非是像可怜的贝伦加丽亚这样默默无闻的儿媳。

约翰现在三十一岁了。与他光芒四射的哥哥不同,他是一个丑陋的小个子男人,只有 5 英尺 5 英寸高,并且随着年龄的增长变得肥胖和秃顶。他也不像理查那样骁勇善战,尽管他热衷狩猎、骑马;相比之下,他不喜欢战争,也不喜欢比武,他的内心是个懦夫。这位新国王喜爱奢华,有贪吃和酗酒的名声,从来不遵守规定的禁食和节制的规定。他是个好色之徒,据说他至少有七个私生子。除了埃莉诺以外,他是家里读书最多的人,他对神学持有一种质疑的兴趣,这种兴趣由于他天生的怀疑主义而变得更加浓厚。虽然他喜欢音乐,但他并没有继承他的王朝对诗歌和吟游诗人的热爱,但他完全拥有其特有的讽刺幽默。复活节,他登上王位,林肯主教圣休公开指责他不接受圣餐(从孩提时代起,他就没做过这件事)。圣休还给他看了一幅《最后的审判》的雕刻,上面刻画着受诅咒的灵魂被恶魔拖下地狱的场景。约翰平静地把圣人拉到另一边,看代表着升入天堂的得救者灵魂的画,他说:"让我们看看这些,我会和他们一起进到天堂。"他喜欢用自己轻浮的、常常是亵渎神明的智慧来震惊教士。然而,他知道如何取悦他人,像他的兄弟们一样,他有一种甜蜜的魅力,甚至能激发他人对其的忠诚。

近年来,有一种粉饰约翰国王的错误倾向。他的坏名声被认为是牧师史学家刻意编造出来的,因为他与教会发生了争吵,或者是因为采用了维多利亚时代的标准。诚然,一些当代作家(尤其是文多弗的罗杰)是不可靠的,他们扭曲了事实。但一个彻头彻尾的邪恶形象让人深信不疑。据说,现代中世纪研究家在了解了这些资料后,对国王的描述更加真实。然而,专家们在20世纪40年代和50年代对同样的资料进行了研究,他们都接受他的传统形象,更不用说斯塔布斯主教和莫里斯·波维克爵士了。事实上,人们有充分的理由相信国王确实很坏,正如马修·帕里斯所说,"他是天生的敌人"。

毫无疑问,约翰有很多天赋。他有时是一位极其精明的政治家、一位最有能力的外交家、一位精力充沛的行政官员,甚至有时,他可能还会展现出杰出的军事才能。然而他的优点统统被他的缺点掩盖了。用约翰最令人信服的现代传记作者沃伦博士的话来说,"他拥有一个成为伟大国王的心智能力,却也有成为暴君的倾向"。因为约翰的性格有着彻头彻尾的缺陷,"轻浮、挥霍、背信弃义"。他本质上是一个轻浮的人,动不动就有一种近乎病态的游手好闲的毛病。他既缺乏荣誉感,又不诚实,而且极其残忍和懦弱。事实上,他简直就是一个典型的昏君:一些历史学家甚至在他那邪恶个性中发现了一些滑稽的地方——一点点大基诺剧院①里恐怖剧的表演元素。但同时代的人却没有在这个邪恶的人身上看到什么有趣的东西。很少有统治者在其各

---

① 巴黎的一个剧院,以出演恐怖刺激的戏剧而闻名。

个阶级的臣民中激起这样的仇恨,更不用说在他的反对者中了。

如前所述,埃莉诺最初选择的理查的继承人是不伦瑞克的奥托,但他因为成为皇帝而丧失了资格。然而,太后一定知道只有她才能控制约翰。即使他永远无法成为像理查那样的国王,但他至少可以保证她在普瓦图和阿基坦的权力。人们猜测,约翰对她,可能是既信任又惧怕。但她确是他最宝贵的盟友,在必要的时候仍然可以充当他的助手,她知道如何利用他好的品质,如何防范他可怕的弱点。如果她再年轻一点儿,他的统治可能不会那么糟糕。

毫无疑问,埃莉诺在确保继位的是约翰而不是亚瑟这件事上发挥了相当大的作用。威廉·马歇尔和大主教休伯特·沃尔特以及他的同父异母的兄弟——约克的大主教若弗鲁瓦帮助约翰成功继位,他们很清楚约翰是太后中意的人选。因为此时埃莉诺已很受英格兰人喜爱,甚至备受尊敬:自1189年她从囚禁中获释以来,史学家对她的描写越来越尊敬。迪韦齐斯的理查德对她赞不绝口:"埃莉诺王后,一个无与伦比的女人,美丽而纯洁,强大又谦逊,温柔但雄辩,这在一个女人身上极为难得。"很可能是她对约翰的支持影响了威廉·马歇尔和大主教,以及其他许多可能拒绝约翰的贵族们,最终选择了他。事实上,如果康丝坦斯的手下抓住了约翰——这差一点成为现实——亚瑟就会成为国王。

约翰冲到希农去抢他哥哥的财产,却没有意识到他嫂子的行动有多快。理查死后不到十二天,康丝坦斯(她刚刚嫁给了一个普瓦图贵族,图阿尔的盖伊)便率领一支布列塔尼军队进入昂热,安茹、曼恩和图赖讷的领主宣布支持亚瑟。一位英勇的战士——理诺什的威廉,随后被任命为年轻公爵的安茹总管。约翰在紧要关头逃走了,逃到了诺曼底,并从那里越过边境来到了英格兰。在莎士比亚的笔下,埃莉诺王后对约翰说的话,并非毫无根据:

"现在怎么办,我的儿子?我难道没有说过,
野心勃勃的康丝坦斯不会罢手,
直到煽动起法国和全世界支持她儿子的吗?"

腓力国王迅速利用这一有利局面，入侵诺曼底并占领了埃夫勒。对约翰来说幸运的是，威廉·马歇尔在动身前往英格兰之前已经确保了诺曼人的忠诚。驻军顽强抵抗，阻止了敌人的前进。约翰感觉到，在他被加冕为英格兰国王期间，诺曼底是足够安全的。

与此同时，埃莉诺为儿子夺取了安茹王朝的其余部分。正如莫里斯·波维克强调的那样，"法国西部的这场斗争最终演变成了康丝坦斯和老王后之间的一场决斗。埃莉诺作为公爵夫人，在普瓦图和波尔多进行了一次长途旅行，领主、神职人员和城镇的所有利益都得到了保障"。她已经得到了麦卡迪埃和他凶残的布拉班特雇佣兵的帮助，他们正以约翰的名义把整个安茹夷为平地。康丝坦斯和亚瑟被迫从昂热撤退到曼恩，在首府勒芒避难。约翰率领军队从英格兰杀回来，向勒芒进发，他们迅速发动了猛攻，并将其一举拿下。那些在大屠杀中幸存下来的市民被布拉班特人俘虏，勒芒的城墙被夷为平地。康丝坦斯和亚瑟趁夜逃跑，在图尔找到了一个临时避难所。在这里，康丝坦斯把她的孩子交给了腓力国王，国王把他送到巴黎，让他和自己的儿子一起长大。他非常乐意接受亚瑟作为安茹和曼恩伯爵的身份向他称臣。但现在整个安茹王朝都控制在约翰手中。

埃莉诺的长途跋涉促成了这一结果，对于一个老妇人来说，这是一件极其艰苦的事情。这一宏伟而紧迫的行程始于4月，结束于7月。她去了所有重要的城镇，包括伦敦、普瓦捷、尼奥尔、拉罗谢尔、桑特、波尔多和其他许多城市。她给其中五个城镇颁布了特许状，解除了那里居民的封建义务，允许他们设立自治政府。她的目的是让她的诸侯们保持对她的忠诚，为了她的儿子，她施展了她的一切天赋和计谋。她还收买了每个可能会动摇的贵族：因此，对拉罗谢尔有所图谋的毛莱昂的拉乌尔得到了塔尔蒙特公爵的狩猎屋作为补偿，那里曾是她父亲和祖父最爱居住的地方。虽然太后能完成这一壮举在很大程度上归功于良好的道路和河流交通，但其行动的速度和范围仍是一个惊人的成就。她在其间展开的政治活动更令人印象深刻，从现存的文件来看，这是她一生中最活跃的时期。

1199年7月,埃莉诺完成了所有任务中最困难、最令人厌恶的一项。她去了图尔,跪在她儿子的死敌腓力国王的脚下,亲自代表她的领土向国王表示敬意。她这样做——至少在严格的封建法律中——有效地阻止了亚瑟对普瓦图和阿基坦主张所有权。办完这件事,她起草了一份契约,将两地的所有权交还给她的儿子,但终身保留收益权。

她随后前往诺曼底,并于1199年7月30日在鲁昂和约翰见面。得益于她的帮助,约翰已经被封为诺曼公爵并加冕为英格兰国王。这一次他表现得很理智,小心翼翼地不去激怒母亲。他知道她需要权力,所以没有试图完全控制普瓦图和阿基坦,他颁布了一项法令,使她能终身保有这些土地,并声明"我们希望她不仅是我们所有领土的女主人,也是我们自己和我们所有土地和财产的女主人"。实际上,埃莉诺和约翰在普瓦图形成了一种共管社区,可能在阿基坦也有类似情况。毫无疑问,国王承认在这些领土上埃莉诺在某种程度上是与他平起平坐的君主,尽管她允许国王任命总管(这些总管中包括来自肯特郡的骑士罗伯特·索恩,他曾是理查的十字军战友,曾一度同时担任过国王和太后的总管)。此外,约翰还强调要继续给予"王后黄金",尽管这在法律上本应是国王配偶享有的特权,而不是国王母亲的。不过,国王确实有充分的理由对母亲心存感激。

值得指出的是,约翰并不以感恩闻名,对于他的女眷也并不总是这么体贴。事实上,他其实不是一个很看重家庭关系的人。他很快就把不幸的贝伦加丽亚骗出了曼恩,而那里曾是她的嫁妆。1201年,国王许诺给他的嫂子一个体面的补偿,承诺她得到诺曼底的一整个城镇,安茹的两座城堡和一大笔年收益,但结果她什么也没有得到。三年后,教皇愤怒地写信给约翰,贝伦加丽亚王后非常贫穷,她不得不像乞丐一样向她的妹妹香槟伯爵夫人讨食。然而,尽管教皇英诺森三世还写了更多信表达愤怒,但直到1215年,贝伦加丽亚才得到补偿,甚至直到那时,她的收益仍被拖欠着。最后,贝伦加丽亚很明智地把她的事交给了那些有成就的生意人——圣殿骑士。他们设法从英格兰王室那里拿到了足够多的钱,使她能够在勒芒附近过着舒适而虔诚的生活,直到1230年去世。

到了1199年9月,亚瑟公爵的支持者与腓力二世闹翻了。法国国王占领了许多曼恩和安茹忠于亚瑟的城堡,部署法国驻军,并擅自摧毁了巴伦要塞。人们开始怀疑国王可能会永久占领这些地方。亚瑟的两个主要支持者图阿尔子爵阿莫里(康丝坦斯的妹夫)和理诺什的威廉与约翰秘密通信。康丝坦斯和年轻的公爵在腓力二世不知情的情况下离开了巴黎,去找约翰。他们在勒芒废墟附近遇到了约翰。然而,对新英格兰国王的短暂了解足以让他们的幻想破灭,于是他们第二次逃亡。唯一的例外是理诺什的威廉,他见风使舵,依附了约翰。他被任命为安茹、曼恩和图赖讷的世袭总管。虽然他是一名优秀的士兵,但他也是一个危险的人物,骄傲且难以控制。太后很可能经常会见他,因为威廉的行政总部就在丰特夫罗附近的希农,他至少应见过一份太后颁发的特许状。

毫无疑问,英格兰人的忠诚使约翰的政权更为稳固。这种忠诚在很大程度上是由于他出人意料地明智地任命了休伯特·沃尔特为总理。理查一世回国后,休伯特表现出了作为一名行政人员的非凡才能,既富有想象力,办事又高效。他在英国历史上第一次引入了财产税,对土地、货物和动产征收了大量的税款,很快就还清了理查拖欠的赎金。休伯特奇迹般地做到这一点,却没有引发任何叛乱。与威廉·伦夏不同,休伯特从来没有引起过人们对他个人的反感。他专横而不傲慢,总是以国王的名义统治,从不以自己的名义统治。他也非常好客。但从长远来看,税负过重,必定还是会引起反抗。从1196年起,理查对金钱的需求不断增加,使休伯特·沃尔特的处境越来越艰难。最后,在英诺森教皇的催促下,理查极不情愿地将他解职。英诺森教皇认为,大主教担任世俗的总理是不合适的。如我们所见,休伯特在被威廉·马歇尔说服后,为约翰巩固王位方面发挥了关键作用。此外,在耶稣升天日在威斯敏斯特大教堂举行的加冕仪式上,他不仅为国王加冕,还宣读了一篇措辞有力的捍卫君主选举制的文章。他确实是一位最令人敬畏的牧师,1205年当约翰听说大主教去世的消息时,他大声说："现在我才第一次在真正意义上成为英格兰国王！"休伯特在世时，他在某种程度上就是一个良好政府的保证，他的才能给了约翰一种不应得的体面光环。毫无疑问，他在世时让太后都很放心。

不出所料，威廉·马歇尔继续支持约翰国王。作为他那个时代最伟大的战士，威廉广受敬仰和尊敬。在他五十多岁的时候，尽管已经身经百战饱经风霜，他仍然保持着和从前一样的活力和进取心。从外表上看，他身材魁梧，英俊潇洒，一头棕色头发，威严而有风度，连同时代的传记作家都拿他与罗马皇帝相提并论。他的荣誉准则就像圆桌骑士一样严肃和真诚，他忠心耿耿，像对待亨利二世和理查一世一样，忠于新国王（威廉很好地证明了埃莉诺的识人能力，多年前她就注意到了他高尚的品质）。尽管约翰与如此高贵的人没什么共通之处，但他足够精明，任命威廉为元帅，在这个职位上，他或多或少成了国王的军事参谋长。

到了1199年底，约翰似乎胜局已定。当时，亚瑟和他的追随者没有再与陷入严重困境的腓力二世结盟。腓力二世与教皇的争执达到了白热化的阶段，在1200年1月13日，教皇下令禁止法国一切宗教活动：不允许牧师给腓力二世的臣民圣餐，也不允许为他们举行婚礼或葬礼。此外，奥托四世不仅是理查国王的盟友，也继续成了约翰国王的盟友。尽管还远未战败，但腓力二世已经意识到现在不是跟安茹王朝作战的时候。1200年5月22日，他和约翰在塞纳河上的古莱特城堡会面，很快就达成了一项协议：法国国王承认约翰为合法的安茹和曼恩伯爵，同时承认他是布列塔尼的领主；作为回报，约翰交出了韦克桑和埃夫勒，放弃了他对贝里和奥弗涅的不切实际的权力主张。此外，英国国王还承诺支付2万马克的"救济金"，作为约翰的侄女之一的卡斯蒂利亚公主的嫁妆，她将嫁给腓力二世的儿子和继承人，未来的路易八世。

这项协议对埃莉诺来说是一个胜利。这意味着她完全战胜了康丝坦斯。但有些英格兰人还是难免抱怨，说如果是理查一世决不会让步那么多，尽管大家心里清楚，被称作"软剑"的约翰不可能像他哥哥那样成为一个令人生畏的军人。事实上，约翰已经做得很好了，他被法国国王承认为理查在海峡两岸几乎所有土地的合法继承人。

之后，康丝坦斯公爵夫人得了严重的麻风病，第二年就去世了。看来安茹帝国终究要在埃莉诺选择的继承人的统治下生存下来。腓力国王的儿子和埃莉诺的孙女之间的婚姻——很可能是她计划好的——将是其未来安全的保证。

第十八章　欧洲祖母

如果英格兰女王认为一个人配得上她的女儿，其他人有什么可说的吗？

——《维多利亚女王》

她（埃莉诺）的优点在她年老的时候表现得尤为突出，我们看到她在七八十岁高龄的时候，还从欧洲的一端奔波到另一端，力促停战与和平……1150年开始，她和第一任丈夫吵了一辈子，1173年开始，又和第二任丈夫吵了一辈子。现在，在1200年，她却让第二任丈夫的孙女嫁给了第一任丈夫的孙子，作为两任丈夫的两个儿子和睦相处的保证。

——斯塔布斯主教

毫不夸张地说，作为一个王朝的统治者，阿基坦的埃莉诺可以说是维多利亚女王的先驱。"欧洲祖母"的绰号已授予后者，但它也应该属于埃莉诺。埃莉诺的女儿们分别成为卡斯蒂利亚和西西里的王后，以及布卢瓦、香槟、图卢兹和撒克逊公爵的配偶。两个孙子是神圣罗马的皇帝，还有另外三个是英格兰、卡斯蒂利亚和耶路撒冷的国王。她的孙女们曾当过法国、葡萄牙和苏格兰的王后，还有一个私生女是威尔士王妃。法国国王中最受尊敬的路易九世是她的曾孙之一。此外，她的儿子约翰的直系子嗣将统治英格兰直到1485年。

她总是用心为女儿们安排好婚姻。除了乔安娜和图卢兹的雷蒙德的婚事不尽如人意,其他女儿们的婚姻生活都比较圆满。当然,从世俗的观点来看,即使是乔安娜的婚姻,似乎也已经足够成功了。事实上,考虑到自己不幸的婚姻经历,在结盟时,老王后除了政治目的,也还是会考虑个人因素。1199年,她不仅为理查的去世而深深难过,也为图卢兹的乔安娜的悲惨结局而伤心。到现在为止,埃莉诺的所有女儿中只有卡斯蒂利亚的埃莉诺还活着,毫无疑问,她的母亲希望能再见到她。不过,这位老妇人之所以来到西班牙,并且在如此高龄还进行这般令人疲惫的旅行,其主要原因无疑是要在她的两个未出嫁的卡斯蒂利亚孙女中为腓力国王的儿子挑选一个更合适的新娘。正如前文所述,她可能认为安茹王朝的未来取决于这桩婚事。

因此,在1199年12月,在她的儿子与腓力国王讲和之前,太后就已经出发前往卡斯蒂利亚。具有讽刺意味的是,她发现自己受到了伏击的威胁,就像她过去的许多次旅行一样。但这一次,尽管她有一个威武的护卫队,其中包括波尔多大主教,还有令人敬畏的麦卡迪埃,但伏击她的人居然成功了。愤怒的老王后发现自己成了宿敌吕西尼昂家族的俘虏,俘虏她的正是吕西尼昂的休九世——休·布朗。他要求埃莉诺让他继承他父亲曾任领主的拉马什。埃莉诺别无选择,只好同意,否则就要接受耻辱和令人沮丧的囚禁。

太后在1200年1月中旬到达卡斯蒂利亚,从时间上推算,她一定是在隆冬穿越比利牛斯山的,大概是骑马在雪地上从龙塞斯瓦列斯穿过的。我们不清楚她是在哪里与卡斯蒂利亚王室见面的,但可能在都城托莱多或布尔戈斯。卡斯蒂利亚宫廷和耶路撒冷、西西里的宫廷一样奢华,充满异国情调,满是摩尔人的奢侈品和奴隶。此外,就像昔日的普瓦捷一样,这里的宫廷也懂如何欣赏普罗旺斯诗歌和吟游诗人的诗歌,许多吟游诗人都在卡斯蒂利亚找到了避难所。国王阿方索八世是一位杰出的人物,他有修养、好战、喜欢文学。他和埃莉诺女儿的婚姻很幸福,他们孕育了11个孩子。

在卡斯蒂利亚有很多待嫁的王室女儿,其中一个已经和里昂未来的国王订了婚,但还有另外两个。基于资历,人们认为年长的乌拉卡毫无疑问是最合适的人选。然而,正如法国的爱丽丝和布列塔尼的康丝坦斯所知道的那样,埃莉诺并不容易取悦。这位独裁的老太太更喜欢她卡斯蒂利亚孙女中最小的那个,只有十三岁的布兰卡。埃莉诺的理由不太令人信服:因为乌拉卡这个名字在法国人的耳朵里听起来太刺耳、不好听,而布兰卡这个名字在比利牛斯山那边听起来更好听。因此,乌拉卡将不得不嫁给葡萄牙王国。太后的选择是正确的。布兰卡的儿子,圣路易,将非常感谢他的卡斯蒂利亚人母亲。莎士比亚用他的笔描述了她的美貌:

如果激烈的爱是为了追求美丽,

他可以在哪里找到比布兰卡更美的呢?

如果狂热的爱应该追随美德,他可以在哪里发现比布兰卡更纯洁的呢?

如果爱情是野心勃勃地追求一场出生的匹配,谁的血脉比布兰卡更丰富呢?

埃莉诺在西班牙待了两个月。她在这里待这么久,可能部分原因是旅途疲劳,但最主要的原因可能是因为斋期禁止举行婚礼,所以不能着急。尽管如此,她和她的孙女还是及时离开了,以便能在圣周①期间到达波尔多庆祝复活节。在这里,太后和约翰国王损失惨重:在复活节的星期一,麦卡迪埃在一场决斗中被另一名雇佣兵杀死,埃莉诺失去了她最优秀的大将。奶奶和孙女在5月继续他们的旅程,没有再发生任何意外,布兰卡——从今以后大家都叫她布兰奇——被法国波尔多大主教指给了路易(未来的路易八世)为妻。结婚仪式必须在诺曼底举行,因为法国仍在英诺森教皇的管辖之下。可是埃莉诺没有来。由于年事已高,她已经被旅途的劳累搞得筋疲力尽了,她回到了

---

① 圣周:复活节前一周。

丰特夫罗，如今她唯一真正的家。毫无疑问，她满怀信心地希望这场婚姻能在卡佩王朝和金雀花王朝之间建立持久的和平。只是她没有料到约翰国王自己也会做媒。

这位英格兰国王在二十一岁时就和格洛斯特的伊莎贝拉结婚了（事实上，他在九岁时就和她订婚了），他一定曾经非常感恩自己能娶到英格兰最富有的伯爵夫人。但不幸的是，伊莎贝拉没有孩子，从国王私生子的数量和年龄来看，他经常找情妇来安慰自己。同时代的关于诺曼底公爵的史学家（总的来说是一个值得信赖的证人）提到约翰臭名昭著的好色，称他"对所有男人都很残忍，对漂亮女人太过贪婪"。他似乎还很喜欢年轻女孩，这一弱点将使他陷入严重的麻烦。

1199年，约翰和格洛斯特的伊莎贝拉离婚，尽管不久前她才刚刚和他一起加冕。因为她是他的远房表姐，英格兰的亨利一世是他们共同的曾祖父，所以以血缘关系为由很容易就可以解除他们之间的婚约。亚瑟是金雀花王朝目前唯一有资格的继承人，但国王不想让他继位。因此，他派使节去见葡萄牙国王桑乔，请求娶他的女儿为妻。但在最后一刻，他突然改变了主意，完全抛下了与葡萄牙联盟的想法。

1200年夏天，当英格兰使节在葡萄牙时，约翰国王正在穿过普瓦图。危险的吕西尼昂家族自从拥有了拉马什后，现在已经成为他的盟友，为了与之彻底和解，约翰到吕西尼昂拜访了他们，在那里他受到了极热情的接待。在庆祝活动中，他被介绍认识了美丽的昂古莱姆的伊莎贝拉，她是昂古莱姆的埃玛伯爵的女儿和继承人。她还不到十四岁——也许只有十二岁——并且已经被许配给了吕西尼昂家族的首领，休·布朗伯爵（就是之前在埃莉诺王后去卡斯蒂利亚的路上伏击了她的那个人）。在1200年，正式的订婚几乎和结婚一样具有约束力。虽然约翰本人已经三十五岁，但他立刻就爱上了这个女孩，国王对他的欲望毫无顾忌（纽堡的威廉告诉我们，约翰恨一个叫尤斯塔斯·菲兹·约翰的人，仅仅因为他不肯把自己的妻子献出来，而只是把一个"普通女人"放在了王室的床上）。此外，也有传言说年轻的伊莎贝拉引诱了国王。毫无戒心、急于为他领主效劳的休·布朗，被派往英格兰完成任务，实际就是理查找借口支开他。令休非常惊讶的是，他在8月突然收到消息，约翰国王刚刚在昂古莱姆与他的未婚妻完婚，而且完全得到了她父亲的同意。

从婚姻的角度看，这一结合相当美满。昂古莱姆的伊莎贝拉给国王生出了他梦寐以求的孩子，尽管他仍然有很多情妇。据说她自己也很淫乱，约翰有时还把她关起来。但这似乎是国王的敌人散布的诽谤，没有任何令人信服的证据。

而从外交上讲，这段婚姻则是一场灾难。一些历史学家认为约翰与昂古莱姆的伊莎贝拉的婚姻是经过深思熟虑的，这一说法并不可靠。她的确是昂古莱姆伯爵的继承人，而伯爵又是利摩日伯爵同父异母的兄弟，她比起休·布朗更有资格继承拉马什。但国王很明白他在得到一个新盟友的同时，也得到了一大群敌人。很明显，约翰希望通过接受休占领拉马什来确保他的忠诚。休却永远不会原谅约翰，因为他而使自己失去继承昂古莱姆的权力。此外，他很可能是真爱伊莎贝拉，国王死后，他最终仍设法娶了她。约翰对他的小新娘的热情是如此之大，以至于人们说他好像被锁在了床上。总的来说，这又是一个老套的故事，约翰沉迷美色，耽误了政事。

吕西尼昂家族人多势众，且精力充沛，除了休，还有他的伯爵兄弟拉尔夫，他叔叔杰弗里和他的两个儿子。他们都是优秀的战士，也都很富有，势力强大，与普瓦图和诺曼底的贵族们都有结盟。他们决心报仇雪恨，1201年初他们起义造反。埃莉诺在旅途结束后病倒了，她知道如果吕西尼昂的叛乱处理不当，严重的麻烦就会接踵而至。2月，她从丰特夫罗写信给英格兰的约翰，和他谈论这个情况。她写信的口吻非常亲密，几乎是闲聊："我亲爱的儿子，我想告诉你，在我生病的时候，我邀请了我们图阿尔的远方亲戚阿莫里来看我，他的来访使我感到很开心。只有他，不同于普瓦图其他的贵族，从没有伤害过我们，也没有偷走过你任何领地……他答应会尽一切努力帮你夺回被夺走的土地和城堡。"赢得阿莫里子爵的支持是一项不小的成就，阿莫里子爵是亚瑟的姻亲叔叔,也是约翰从前的敌人。但大多数普瓦图贵族支持吕西尼昂派,或至少同情他们。此外,他们在诺曼底的朋友们也开始骚动起来,约翰命令他的手下占领了这里所有吕西尼昂的城堡,很大程度上阻止了潜在的麻烦。

腓力国王迟早会利用这场叛乱。由于约翰的淫欲和愚蠢,他注定会毁掉他母亲所珍视的和平。埃莉诺去卡斯蒂利亚的勇敢之旅终究没能拯救安茹王朝。

第十九章　谋杀亚瑟

小狼的死亡是不值得同情的。

——《马尔菲公爵夫人》

于是国王的大臣们……建议他下令剥夺这位贵族青年的眼睛和生殖器。

——科吉歇尔的拉尔夫

1201年5月，当约翰国王登陆诺曼底时，他完全没有想到一场大战即将爆发。他的掉以轻心是可以理解的，吕西尼昂家族虽然仍在叛乱，但他已经采取了有效措施来震慑他们：他们在普瓦图和诺曼底的城堡要么被攻占，要么被包围，而且，国王的军队很快就会侵占他们在拉马什的土地。到目前为止，叛军还没有向法国的腓力国王求助，而他也没有表现出任何想要干预的迹象。事实上，在诺曼边境款待了法国国王之后，约翰和昂古莱姆的伊莎贝拉到巴黎拜访了国王，国王把他自己的宫殿借给了他们居住。在访问期间，腓力二世隐退在枫丹白露，陪伴病危的艾格尼丝王后。两位君主似乎就他们的政策完全达成了一致，但当时还不清楚他们讨论的具体细节，约翰和伊莎贝拉随后在法国首都游玩了一番。

然而，吕西尼昂人的叛乱并未平息。尽管叛乱者很容易被收买，但约翰不愿用这种外交手段贬低自己，他坚持指责他们叛国。最不公平的是,他没有在公爵法庭上给他们一个适当的听证会,他命令他们在一场决斗中证明自己的清白,而他本人则找来职业冠军做替身,代表他参加决斗。在这之后,他的对手明显采取了进一步的行动,向他的领主腓力二世求助。与此同时,约翰继续攻击他们,掠夺他们的土地,夺取了拉乌尔的吕西尼昂在德林康特城堡,没收了他的伊尤郡。然后,在1202年4月,法国国王召见他名义上的封臣约翰来到巴黎,在他的高等法院出庭,应答吕西尼昂的指控。

正如人们所预料的那样,约翰拒绝出庭,剥夺了腓力二世审理此案的权力。因此,4月28日,后者向约翰宣战,法国国王几乎立即攻下塞纳河,进入诺曼底东北部,占领了欧马勒、布特旺特、古尔奈和其他具有重要战略意义的诺曼城堡,并包围了保护迪耶普的堡垒阿克斯。显然,腓力二世已经为他的军事行动做了详细的准备,同时他顽强的决心,使他再次计划摧毁整个安茹帝国,或者至少肢解它。

4月底,法国国王正式把他的宝贝女儿许配给亚瑟。两个月后,他公开接受了年轻公爵以布列塔尼、安茹、曼恩和图赖讷以及普瓦图领主身份向他致敬。在严格的封建法律中,腓力二世没有任何权力把普瓦图交给亚瑟公爵,因为他已经接受过太后的致敬。但他仍然这样做了,这无疑是宣布他打算彻底推翻法国安茹王朝统治的最直白的方式。此外,腓力二世和亚瑟现在所缔结的条约明确地否认了后者对诺曼底的任何权利。关于诺曼底,条约规定,"法国国王必须保留他已经得到的,以及上帝希望他将来得到的"。于是,腓力二世公开册封亚瑟为爵士,并派他去征服普瓦图。

与此同时,约翰国王也在为反击做准备,并在诺曼底南部集结了一支军队。然而,他知道自己将不得不在两条战线上作战,所以他把总部搬到了勒芒,在那里他可以同时监督诺曼底和普瓦图的行动,并远离实际的战斗。1202年7月30日,他在驻地收到了令人震惊的消息。

埃莉诺收到警告,亚瑟要入侵普瓦图。她的孙子在图尔加入了吕西尼昂叛军,他们告诉他太后要从丰特夫罗到普瓦捷去避难。她将是一个极有价值的讨价还价的筹码,因此,年轻的公爵不顾法国骑士的劝告,不等他的大部分军队从布列塔尼赶来,就率领他的小队人马把她俘获了。当他得知她和她的女仆在安茹和普瓦图交界的米尔博停留时,他很快就赶到了,并迅速地攻破城池。

年迈的太后撤退到小城堡里,那大概不过是一座塔,是该城市的一处避难所。她为数不多的军队把守着城墙,尽管她和她孙子的人马之间只隔着薄薄的一堵墙,但她拒绝投降。她像往常一样足智多谋,要求谈判,并开始讨价还价。围攻她的人不知道,她已经秘密地派出了两名信使寻求帮助:一名去希农找安茹的总管威廉,另一名去勒芒找约翰国王。出乎意料的是,亚瑟的士兵并没有试图突袭城堡,而是等着埃莉诺投降。他们把城里所有的城门都关上了,不让任何人从城堡里逃出来,只留下一扇门开着,好让他们自己的食物进来。

太后的信使一到达勒芒,约翰就做出了他一生中最英勇之举——他立刻赶来了,在48小时内走了80英里,日夜兼程。理诺什的威廉和希农守军在途中与他会合。他们在8月1日的拂晓到达了米尔博。就在进攻开始前,在军事会议上,理诺什的威廉要求国王承诺不处死任何俘虏,并像他们之间没有发生过战争一样对待他的侄子,并限制亚瑟的支持者在附近区域,直到达成停战协定。约翰同意了,并告诉威廉,如果他食言,他和在场的其他领主可以拒绝效忠他,不再承认他为国王。然后王军开始进攻,从那个开着的城门冲进米尔博。

那是一个炎热的夜晚,亚瑟的手下没有意识到危险,因此没有穿着盔甲睡觉。当有人通报说英格兰国王正在进攻时,吕西尼昂的杰弗里正在吃丰盛的烤鸽早餐,他笑着说他会把早餐吃完。在米尔博狭窄的小街道上发生了一场血腥的混战,但亚瑟的军队无路可逃,他们寡不敌众,很快就被击败了。

事实上,在约翰国王的整个统治时期,这是唯一一场由他亲自指挥并取得非凡胜利的战争。亚瑟只带来了250名骑士,但其中包括吕西尼昂家族最重要的两名成员,休·布朗和他的叔叔杰弗里。国王不仅抓获了腓力二世的主要盟友,还抓获了普瓦图叛军的主要领导人。他还抓住了亚瑟的女继承人,他未婚的妹妹——布列塔尼的埃莉诺,她曾冒险与她的哥哥一起骑马。这是一次令人眩目的成功,本应完全改变战争的进程。如果理查还在位,腓力二世肯定会尽快促成和平。事实上,腓力二世确实放弃了对阿克尔的围攻,他撤退了,约翰成功地占领了昂热和图尔。但是英格兰国王不知道如何利用他的胜利。

约翰没有遵守他对理诺什的威廉所作的承诺,而是使他的俘虏们受到了他所能想到的一切羞辱。那些最高贵的贵族们"就像被绑在牛车里的小牛一样",被锁链锁在一起,他们的脸贴在牛的尾巴上,作为一种额外的炫耀,他们被胜利者拖着穿过自己的领地。坐马车对骑士来说是最大的耻辱。休·布朗被关在诺曼底的一所监狱里,但他的大多数同伴都被运到英格兰等待收赎金。很可能至少有二十人被故意饿死在科夫堡里,因为他们等不到钱赎身,但是最该被国王关在监狱里的人,吕西尼昂党领袖休·布朗却被允许赎身。

毫无疑问,约翰国王残忍嗜血。除了科夫堡的囚犯,他还牵涉了太多的谋杀,这些事令他名誉扫地。在埃夫勒对300名俘虏的野蛮屠杀前面已经提过了,还有一个广为流传的故事是这样的:为了让布里斯托尔的犹太人吐出金子,他每天折磨那可怜的人,拔他几颗牙,这个故事在一定程度上反映了约翰特有的"幽默"。有6名记录者见证了一桩更可怕的罪行:布劳斯的威廉曾是他的忠实支持者但最终背叛了他,当约翰抓住了威廉的妻子玛蒂尔达时,她拒绝把她的孩子交给约翰作为人质,于是他故意把她和她的大儿子饿死在温莎。在被饿了11天后,他们的尸体被发现,人们看到那位母亲在痛苦中咬着自己孩子的脸颊。约翰绞死了28名作为人质的威尔士男孩,因为他们的首领父亲"表现良好"。他还绞死了一个人和他的儿子,因为他们妄议国王统治结束的日期。还有很多人死在他的地牢里,或者干脆消失无踪了。

在这种情况下,亚瑟公爵的前途无疑一片黯淡。亚瑟被捕后的史料缺乏,我们只知道他被关在法莱斯,他的狱卒显然对他很好。根据文多弗的罗杰的说法——他时常靠不住——但在这件事上,他说的很可能是真的:年轻的公爵在法莱斯的地牢里关了几个月,然后国王来见他。这一次,约翰的心似乎是仁慈的。国王告诉他的侄子,如果他与腓力二世决裂并承诺效忠,国王就会释放他,并归还他布列塔尼公爵领地。但这位年轻的公爵果然是金雀花王朝的一员,他似乎继承了他父亲和叔父们的疯狂和骄傲。即使在遭遇长期而痛苦的监禁之后,他还是显露出他邪恶的本性(1199年,威廉·马歇尔在与休伯特·沃尔特讨论他时就发现了这一点)。亚瑟激烈地回答说,除非得到布列塔尼和他叔叔理查的所有财产,包括英格兰王国,否则他绝不和解。约翰立即下令将亚瑟转移到鲁昂,在那里他被关在一座新建的塔楼里,"不久之后,亚瑟突然消失了"。

没人知道发生了什么事。科吉歇尔的拉尔夫煞费苦心地尽可能准确地描述这些事情,他说,因为布列塔尼人反对监禁他们的公爵,"国王的顾问们"就建议应该弄瞎亚瑟的双眼,并阉割他,"这样他以后就不能进行君主统治了"。拉尔夫进一步告诉我们,当亚瑟在法莱斯时,约翰命令伯格的休伯特这样做,但休伯特没有听他的(拉尔夫的版本很可能来自莎士比亚描述的场景)。当时还有一个谣言,可能是朝廷散布的,说亚瑟在试图逃跑时从高塔上摔了下来。有记载说,约翰把这个男孩带到塞纳河的船上,在那里割断了他的喉咙,并把他扔进了水里。

最后一个故事有一定的真实性。在当时的国王顾问中,布劳斯的威廉地位很重要,说是最重要的也许也不为过。作为威尔士马格姆熙笃会修道院的赞助人,威廉可能在背叛约翰后向修道院的修士们透露了这个秘密。《马尔根年鉴》中记载了一个极其可信的说法:1203年濯足节,国王在鲁昂,"当他喝醉了被魔鬼附身时",用他自己的双手杀死了亚瑟,然后把一块沉重的石头绑在亚瑟的身上,把尸体扔进了塞纳河。一位渔夫在渔网里发现了这具尸体,并辨认出那是亚瑟,"出于对暴君的恐惧",他将尸体秘密地埋在了附近的本笃会修道院里。

1203年4月3日是濯足节。没过两个星期,4月16日,约翰国王派一个兄弟——沃伦特的约翰带着一封信去见埃莉诺王后。国王说上帝对他很好,信使会把一切都告诉她。据说国王指的是他侄子的死,由此推断埃莉诺可能对谋杀持肯定态度。这似乎不大可信,因为这封信还同时寄给了包括波尔多大主教在内的另外八个人。

现在,亚瑟的姐姐埃莉诺是布列塔尼合法的女公爵,她和亚瑟之前一起被囚禁在米尔博。她没有结婚,对约翰的威胁几乎和亚瑟一样大。事实上,她也是国王的继承人,因为国王还没有孩子。这位被誉为"布列塔尼珍珠"的女性的命运在很长一段时间都不为人所知:毫无疑问,许多同时代人都怀疑她也被谋杀了。事实上,她只是被带到英格兰监禁起来。她叔叔给她提供金钱、昂贵的衣服和其他奢侈品,算是对她的一些安慰。然而,尽管布列塔尼主教们一再恳求,法国国王也一再要求,约翰始终拒绝释放她。有一次,他似乎考虑让她成为布列塔尼的傀儡女公爵,她本来要被带去法国参加一次战役的,但这一计划最终不了了之,她一直被关押在各种城堡里——主要是被关在布里斯托尔——直到她被捕四十年后去世。她被埋葬在埃姆斯伯里的丰特夫罗小修道院里(有一个奇怪的传说,约翰的儿子亨利三世对那个本应坐在他的王位上的表妹感到非常内疚,他曾经给她一顶金色的王冠,但几天后她把它还给了他)。

人们可能会问,埃莉诺王后是否应该为她孙子的死承担责任。毫无疑问,亚瑟和他的母亲是她的死敌,他们曾试图对她动手。更不可饶恕的是,他们还企图夺走她的土地和权力。她了解约翰的个性,肯定已经预见到这个可怜的年轻人会遭遇什么。然而另一方面,虽然她不是亚瑟的盟友,但她很可能只是简单认为他会永远被关在监狱里,就像他妹妹一样。我们必须考虑到约翰曾经在某一刻想过要释放亚瑟。她的精明应不会使她做出杀死亚瑟这样的事。作为一个政治家,她很有远见,不可能意识不到谋杀年轻公爵将对她儿子约翰的统治造成多么灾难性的影响。这不仅为他的敌人向约翰国王开战提供了道德上的正当理由,而且也使法国的腓力二世获得了亚瑟愤怒的封臣们的效忠。

第二十章　安茹王朝的灭亡

> 什么！母亲死了吗？那我在法国的庄园里该多么自由！
> ——莎士比亚，《约翰王》

> 死神啊，你来夸耀吧！你拥有了一个无与伦比的姑娘。
> ——莎士比亚，《安东尼和克利奥帕特拉》

可以说，安茹王朝与阿基坦的埃莉诺是一同灭亡的。从某种意义上说，这一切都是由于她而产生的，并随着她而消逝，尽管这一切的结束并不是她的过错。事实上，是诺曼人和金雀花王朝的财产损失了，而不是阿基坦的财产。也许她意识到她那疯狂的最小的儿子不可能守住这么多的遗产，理查的死即预示着王朝的末日。然而，尽管太后精明过人，她可能也难以相信腓力二世有能力征服其子在法国的封地。只要她活着，她就能设法避免灾难。

然而，有一个人认为埃莉诺需对即将到来的王朝覆灭的灾难负责，这一点他预见得太清楚了。公元1200年的最后几个月，林肯主教圣休去世，他做了一个令人沮丧的预言：

亨利国王的后裔必受《圣经》上的诅咒：恶人的后裔必不兴旺；私生子的根，必不能深扎，也不得快速成长。奸夫之子，必被拔出来。现任法国国王为了纪念他善良的父亲——路易国王，必将向背弃他与敌人联合的不忠妻子的孩子们复仇。正如牛吃草吃得穷尽一样,法国的腓力也将彻底消灭这一家族。

13世纪早期是血腥的时代,人们对流血事件司空见惯。但人们对亚瑟王被谋杀还是感到非常震惊,尽管他们只能靠猜测来想象到底发生了什么。直到1203年10月,腓力二世还不知道这位年轻的公爵是死是活,但他显然已经起了疑心。约翰曾向理诺什的威廉发誓说亚瑟不会受到任何伤害,后者几乎可以肯定是出于反感而背叛了英格兰国王。失去威廉是一个重大的损失,他不仅是安茹最伟大的领主和总管之一,也是约翰一世最能干的指挥官之一。英格兰的许多臣民都被激怒了,尤其是布列塔尼的臣民,年轻的亚瑟公爵在那里似乎非常受欢迎。法国的腓力二世以布列塔尼人的名义召见约翰,要他证明亚瑟还活着。

不管怎样,腓力二世的军队已经入侵诺曼底了,而布列塔尼人的军队也正从西南方向进攻。诺曼边境很快被征服,然后公国中心的据点开始陷落。一些人投降了,其中一部分人是因为约翰没有为他们的防御做好准备,而另一些人则因为他们更愿意受腓力国王的统治,因为诺曼人已经厌倦了战争,他们被野蛮的赋税和约翰雇佣军的踩躏压垮了。此外,多疑的英格兰国王不信任诺曼贵族,宁愿使用自己的雇佣军,这也使得他们反抗他。

约翰国王带着他的人马和物资在诺曼底东部漫无目的地游荡,显然他无法制定任何适当的防御计划。到1203年底,可能只有科坦、莫尔坦和鲁昂对他还忠心耿耿。盖拉德城堡仍在坚守阵地,尽管它自8月以来就被围困。由于敌人不断传来新的进攻消息,国王无能为力,只好悻悻地说:"让我一个人待着!总有一天我会重新夺回我失去的一切。"12月初,约翰绝望了,离开诺曼底去了英格兰,再也没有回来。

1204年3月,腓力二世攻陷了法国最大的要塞——曾经被认为坚不可摧的盖拉德城堡,在诺曼底取得全面胜利。法国国王与布列塔尼人联合,继续向西进攻。初夏,同样被认为坚不可摧的法莱斯,在被围城仅七天之后就投降了,接着卡昂和巴约也沦陷了。阿夫朗什被布列塔尼人占领了。到 5 月底,只有公爵的都城鲁昂还在坚守。指挥官普雷奥的彼得向英格兰国王发出了绝望的求救,但国王告知他必须自救。因此,6 月 24 日鲁昂向腓力二世投降。除了海峡群岛,约翰国王已经失去了他的高曾祖父征服者威廉所遗留下来的全部诺曼遗产。

这是安茹帝国走下坡路的第一步,而后约翰的统治越来越糟糕。他的专制和野蛮使在法国的封臣和英格兰的贵族疏远了他。他还与教会为敌,教会最终将国王和他的王国逐出教会。他的所作所为导致他走到了兰尼米德并签下了屈辱的《大宪章》。它以腓力二世的军队入侵英格兰而告终,在此期间,英格兰王国几乎都被金雀花王朝占领。七十多岁的威廉·马歇尔艰难地为约翰的儿子——年少的亨利三世国王保住了王位。

与此同时,理诺什的威廉攻陷了昂热,并迅速控制了整个安茹地区。1204 年 8 月,他以总理的身份向腓力二世称臣。到 1205 年,曼恩和图赖讷,以及普瓦图的北部和东部,也都陷落了。

不过,在普瓦图,腓力二世还是遭到了一些真正意义上的抵抗。在这里有一位忠于埃莉诺的有能力的指挥官,罗伯特·索恩。此外,腓力二世在某种程度上有所疑虑,因为从理论上讲,他与埃莉诺并没有发生封建纠纷,埃莉诺作为他的封臣对他表示过敬意。人们猜测,这位不屈不挠的老妇人肯定也加强了防卫。她现在已从丰特夫罗搬到了普瓦捷,有了在米尔博的不愉快经历之后,她不得不待在安全的都城里,因为整个区域都被战争蹂躏了。即使是埃莉诺也无法阻止自己的领土被腐蚀。吕西尼昂党已经根深蒂固,而且太多其他的普瓦图勋爵都被约翰的行为激怒了。她年事已高,身体虚弱,无法领导一场全面镇压他们的运动。尽管如此,但她仍然有足够的力量来维持这个县的忠诚,虽然她此时已经八十多岁,身体已经快不行了。直到 1203 年,她才向尼奥尔的市民示好,授予他们宪章。

约翰没有做任何事帮助她。一些历史学家试图证明他曾试着阻止卡佩王朝的入侵,但那个时代的吟游诗人讲述了一个完全不同的故事。吟游诗人贝特朗·德·博尔恩的儿子创作了一首写于1205年初的讽刺诗,让约翰国王羞红了脸。他这样做似乎是应约翰最忠诚的军官之一毛莱昂的萨瓦里的要求。这位吟游诗人说:"国王应该感到愧对祖先,因为他把普瓦图输给了腓力二世,所有的阿基坦人都为约翰无法效仿他的兄弟理查而感到痛惜。"小贝特朗讽刺地补充说,人们很难把约翰和高文爵士(圆桌骑士英雄)相提并论,国王喜欢打猎或游手好闲,这就是他失去荣誉和土地的原因。诗的结尾称约翰是一个软弱的懦夫,他不知道如何战斗,也无法激发任何人的忠诚。

　　太后几乎每天都听说她的儿子遭遇了新的失败,无疑她越来越感到自己的末日即将来临。有人认为,理查建造的盖拉德城堡被攻陷的消息彻底摧毁了她。关于她最后的日子,众说纷纭,但最有可能的是她离开了普瓦捷,回到了她亲爱的丰特夫罗。显然,她死在这里,正如她所希望的那样,去世时穿着修女的黑白长袍。她的逝世日期可能是1204年3月31日或4月1日。她被葬在修道院教堂的地下室里。1204年8月10日,腓力二世骑马进入普瓦捷,占领了莫贝尔庸。

　　莎士比亚猜测约翰国王认为他母亲的死是他在法国最后的希望的破灭,这可能是正确的。用斯塔布斯主教的话来说,埃莉诺是"他在欧洲大陆地位的重要来源和支柱……"约翰在彻底失去母亲之前,他的命运并非完全无望。即使她已经老得不能提供更为积极的帮助,但她作为忠诚的焦点和力量的象征,仍然具有相当大的价值。她本可以成为一个更有用的顾问,但国王蠢到不会向她征求意见,就像他谋杀亚瑟那样。事实上,除了在米尔博的戏剧性会面之外,在他母亲的最后的几年时光里,没有任何证据表明他们再见过面。因此,他应该没有出现在她临终前的病榻旁。她对他从来没有过多么深厚的爱,也从来不能容忍失败,当然,她也从来没有经历过像约翰这样大规模的失败。安茹王朝在法国所有的领地,除了普瓦图西南部的狭长地带外,就只剩下阿基坦了。诚然,阿基坦可能并不希望被像腓力国王这样的法国北方人统治。但可以想象,阿基坦人之所以对约翰忠心耿耿,更重要的原因是他是他们伟大女公爵的儿子。

埃莉诺究竟是另一个利维亚皇后,还是迪韦齐斯的理查德所谓的"无与伦比的女人"？最具敌意的证词来自林肯的圣休,他关于金雀花王朝将灭亡的预言几乎变成了现实。这位大主教并不是一位古怪的预言家,相反,他是一个非常务实的圣人,他蔑视声望,保护犹太人,并接连对抗亨利二世、理查一世和约翰国王——而他们都尊敬并喜欢他,甚至约翰也是一样。圣休完全不像圣伯纳德那样厌恶女人,他非常喜欢和虔诚的女士们一起进餐。然而圣休认为埃莉诺是一个邪恶的淫妇,她的罪已经给她的后代带来一个可怕的诅咒。但同时他对曾抛弃埃莉诺的路易七世,不吝给予最高的评价。很难解释这个圣人矛盾而复杂的内心世界。也许他错误地认为路易七世是因为王后通奸而抛弃了她。对于他的谴责,一种更险恶的解释是,他认为自己认识到了埃莉诺内在的邪恶。

令人欣慰的是,其他同代人对她有不同的看法。半个世纪后,史学家马修·帕里斯在写到1204年的事件时说:"高贵的埃莉诺王后,一个令人钦佩的美丽且智慧的女人,在这一年去世了。"马修肯定和记得她的人谈论过她。至于她的美德,丰特夫罗的好姐妹们称赞说:"她一生的行为无可挑剔,胜过世界上任何一位王后。"毫无疑问她们了解的是那位在丰特夫罗度过最后几年时光的虔诚的老太太,而不是那个渴望权力,并激起她的孩子与丈夫对立的女人,不是那个几乎把最喜欢的儿子当作一个情人那样依恋的女人,不是无情地改变了安茹王朝继承权的女人。修女们忽视了她是那个胆敢嘲笑圣伯纳德和修道士们的、傲慢、喜爱奢华的女王,她威风凛凛地去过了那么多异国都城,甚至还威胁过教皇。当然,这些都是陈年往事,修女们是可以原谅她的。她的一生虽然算不上幸福,却波澜壮阔,普通人根本无法了解她,更不用说对她进行评判了。埃莉诺对丰特夫罗的爱和她在那里度过的岁月应该就是为她辩护的最好证据。

阿基坦的埃莉诺将永远是一个难解的谜。她那优雅的雕像仍在丰特夫罗,戴着王冠,裹着头巾,手里拿着一本祈祷书。她位于偷走了她的遗产并将她囚禁起来的丈夫亨利二世,和她最亲爱的儿子狮心王理查之间。附近是她的女儿图卢兹的乔安娜和她的儿媳昂古莱姆的伊莎贝拉。按照中世纪的艺术传统,她那大理石的脸几乎不可能与她本人确然相似,但那仍是一张非常迷人的女人的脸。